Day dream

白 日 梦

如果我们用力说再见

夏茵丹 著

北京时代华文书局

目录

CONTENTS

CONTENTS

风吹来的方向

—

我很痛，但我忍着不哭。
我们来不及认真相爱，幸好有机会带你看看我的一生。

同名电影主题曲，边听边读

1.

“今年第二十九号台风‘罗莎’的中心今天早上五点钟位于菲律宾马尼拉东偏北方向大约540公里的西北太平洋洋面上，中心最大的风力有12级。预计‘罗莎’将会以每小时25公里的速度向西偏北方向移动，将于明天凌晨移入南海东北部海面，受‘罗莎’和冷空气的共同影响，我国沿海各地都将有大到暴雨，请各位市民做好防灾准备……”

电视里不停地播报着天气预警，洪山一个人坐在屋子里，窗帘不停地被大风吹卷起来。洪山看了一眼窗外阴沉的天，起身接了一杯热水又坐回沙发上。杯子里不断冒出热气，他和他的沉默一起，咬着纸杯的边沿。

这是水支葬礼后的第三天，洪山被人们硬从灵堂带回来，他已经连续很多天没有休息，连饭都没吃几口。夕阳躲在云彩背后不肯说话，被潮湿覆盖的整座小镇，在水汽中安静地熟睡。空荡的房间里，洪山一手捧着海螺，一手拿着信纸，眼泪一滴一滴不停地落下来。

第二天，大雨如期而至。

2.

1998年7月，漳港的夜色扑面而来，远处的灯塔开始亮起温黄的光，融为星空中最亮的一颗。海面上一队渔船晃晃悠悠地漂向岸边，岸上几名妇女领着孩子不停望着远方。随着船一点一点靠近，船上一名十六七岁的少年突然站起来，开心地向着岸边挥手大喊，妈，我们回来了，妈！

岸上的一名妇女看着挥手的少年笑了笑，少年旁边的男人笑着说，洪山，老老实实的，小心别掉进水里。等船到岸边，洪山麻利地跳下船，帮着父亲收好渔网，然后抱起妈妈身旁的妹妹有说有笑地往家走。

到家后坐在饭桌前，洪山一边吃一边说，爸，明天我约好了和朋友去玩，就不和你出海了啊。

妈妈笑着用筷子打了一下洪山的手说，就你事多，就不能好好帮帮你爸爸吗？

还没等洪山开口，爸爸一脸嫌弃地说，去吧去吧，反正你也帮不上什么忙，光是烦我。

少年笑着说，谢谢爸。

浪打上岸，风吹过去，经纬度种植着一年四季，灯塔下时光唱着温柔的歌，夜色就在灯火昏黄中晕开了。

第二天一大早，洪山和几个朋友光着脚跑去河岸边踢球，球不知被谁一脚踢进水里，大家鸭子下水似的跳进河里。一群人在河里打闹，洪山突然安静下来，不活动也不说话。人们顺着他的目光看过去，岸上是一个高中生样子的姑娘，裙角飞扬，眉眼纤长，低着头偷偷看了水中的几个人一眼，就被前面的男人匆匆喊走了。

看着姑娘远去的背影，一个男生呆呆地问，好漂亮啊，这不是咱们镇子里的吧？

洪山笑着把水溅到几个人的身上，说，一帮呆子，和你们有什么关系吗？几个少年又在欢声笑语中炸开了，一直到黄昏才晃晃悠悠地各自回家。

洪山笑着推开家门，屋里父亲正和人说话，不正是他在河岸边看见的男人吗，旁边还坐着那个害羞的姑娘。大家看着洪山，父亲说，来，这是一直收购咱们家海鲜的李老板。

洪山看了一眼女生，赶紧低着头向李老板问好。父亲接着说，李老板是长乐市那里的人，女儿也是市里的高中生，要多向人家学习啊。

洪山目光又转向女生，慢慢地小声说，你好，我是洪山。

女生愣了一下，紧张得赶紧低下头，说，你……你好，我叫水支。

打完招呼后洪山跑出门外，抓了把小米认真地喂着自家的小鸟。过了一会儿，洪山转过头，发现水支正站在远处看着自己。水支看到洪山发现了她，马上变得局促起来。

洪山笑着说，喂，你也要喂喂它吗？

水支一惊，低着头犹豫了一会儿，然后慢慢地走向洪山。到了跟前，洪山笑着说，打开手。

水支惊愕地看了洪山一眼，然后慢慢抬起手，一点一点地张开。洪山把手里的小米倒进水支手里，笑着说，你试试。

水支看看洪山，又看看小鸟，一点一点地把手伸过去。小鸟看见水支伸过手来，点着头从她手里啄起米粒，水支先是一惊，然后渐渐露出微笑。

洪山在一旁笑着说，怎么样，很可爱吧？

水支害羞得赶紧收起笑容，然后点点头。洪山说，我还知道更好玩的，我带你去吧。

还没等水支反应过来，洪山拽着水支就往外跑。水支的裙角不断被风扬起来，头发散乱地打在精致的脸上，她一边跑一边看看洪山拽着自己的手，又看看前面光着脚、融化在夕阳里的少年，不知不觉地笑了。

跑过两条街，洪山带她到了海边。那里退潮后，海滩上会留下很多贝壳和螃蟹。洪山在前面一边走一边捡螃蟹，水支因为穿着鞋不方便，走得很慢，洪山发现水支被远远地落在后面，又飞快地跑回来，笑着说，把鞋子脱了吧。

水支一惊，说，什么？

洪山说，脱掉鞋子，这样走起来就会轻松很多了。

水支害羞地站在原地，洪山看着她，突然蹲下拽过水支的脚。水支慌得不行，颤抖着问，你干吗？

洪山不说话，低着头脱掉了水支的鞋，然后拿在手中，笑着说，走吧，这样就会走得很快了。

说完，洪山突然递过来一只螃蟹，水支吓得大叫一声，连连后退。洪山被逗得哈哈大笑，然后扭头继续走。水支在原地愣了一下，也跟着洪山继续走。平整的沙滩上，两双脚印缓缓前行，海浪不停涌上来填满了脚印的坑，映出发红的夕阳。

3.

水支在这里生活了一个礼拜，洪山每天带她捉鱼、爬山、在野地里疯跑，洪山和朋友一起踢球，她就在一旁远远地看着，时不时笑出声来。

水支回城的前一天，海上起了大风，街上树木倒了一半，水支吓得一直躲在屋子里。洪山走进来笑着说，不要紧，明天就会很晴了。

水支看着他不说话，洪山从背后拿出一个大海螺放在水支耳边，说，你听。

水支听了会儿，睁大眼睛说，这里是……海的声音吗？

洪山说，对啊，是海浪和风的声音。

水支接过海螺放在耳边仔细地听，洪山笑着说，你知道风是怎么来的吗？

水支眨了眨眼睛说，书上说，是因为气流的原因。

洪山说，我没怎么上过学，不知道气流是什么，但我很小的时候，爷爷告诉我，如果你很想念一个人，思念就会变成风，努力地吹到他的身旁，所以这就是风了。

水支听得出神，洪山笑笑接着说，你看外面这么大的风，一定是有人在努力地想念着谁吧。

水支没说话，手上紧紧攥着海螺，转头透过窗户看着外面被吹弯的树，自言自语道，那，那个人一定是个很好的人啊！

第二天上午，水支的父亲开车来接她。因为从一睁眼就没有看到洪山，水支跑到洪山妈妈面前问，阿姨，洪山去哪儿了呢？

洪山妈妈笑着说，他一大早就跑出去了，谁知道去哪儿了，你不用管他，回头我告诉他就行了。

水支低着头走到父亲面前，小声说，我们晚点再回去吧。

父亲看了看表说，那就中午再走吧。

水支一直站在洪山家门口，直到中午也没见到洪山的影子，水支父亲从后面走过来说，水支，咱们该走了。

水支低着头，慢慢地跟着父亲上了车。发动机开动，水支靠着窗，两侧的树木越来越快地向后倒退。水支低头看着手上的海螺，一句话也不说。

过了一会儿，父亲突然开口，好像是你的朋友在追你呢。

水支抬起头，透过车窗看见洪山在河的另一边一边挥手一边努力地奔跑着。

水支激动地说，爸爸停下车！

车刚停稳，水支就跳下去，冲着河对岸大声喊，洪山，你的海螺还在我这里！

洪山也停下来，喘了好一会儿气才大声喊，它就送给你吧！

水支笑着摆摆手，大喊，我会给你写信的！

洪山也大喊，好，我知道了！

水支恋恋不舍地上车，看着洪山慢慢变小，再变小，她轻轻把海螺放到了耳边。想念一个人，思念就会变成风，因为每个人都变成了这样的风，思念才会震耳欲聋。

4.

洪山第一次接到水支的信，是在水支回到城里一个月后，洪山从海上回来，妹妹站在门口用手挥着说，哥哥，你的信哦。

洪山拿着信一溜烟跑回自己的房里，小心翼翼地打开，上面写着：

很抱歉这么晚才写信给你，回到家后一直被父亲关在家里补习功课，都没机会跑出去买信纸。现在快开学了，大家都在讨论着高考的事情，我很紧张，我想要考厦门大学，但是对自己没什么信心。你呢，还好吗？你送我的海螺被我放在书桌上，学习累了我就从里面听听大海的声音。

最后，很想你，希望你每天都可以过得很好。

水支

洪山兴奋得大叫着趴到床上，屋外听见声音的父母和妹妹一脸不明所以。

俩人就这样互相通信了半年多的时间，有一天洪山接到水支的信，信中她说父母最近每天都在吵架，自己很害怕。洪山看到信纸上还有眼泪的痕迹，模糊了上面的字迹。

洪山看着信愣了几秒，然后徒步跑到镇上，坐上了去长乐的客车。将近两个小时的路程，等洪山到了长乐，天已经完全黑了。洪山找了一个公共电话亭，按照信上面的电话打了过去，又过了半个小时，水支满脸泪水地出现在洪山面前。

看见洪山，水支直接扑到他怀里，眼泪又止不住地流下来。洪山拍拍她后背。哭了好一会儿，水支才哽咽着说，我爸妈要离婚了。

洪山沉默了好久才说，没事，有我呢。

因为太晚已经没了回去的车，洪山把水支送到家门口后，水支问他，你怎么办？

洪山摸摸她的头说，我随便找个地方凑合一晚就可以。水支犹豫着往家走，洪山冲她笑笑说，没事的，快回去吧。

当晚洪山睡在水支家附近的一个路边躺椅上，路灯正好在他头顶。洪山蜷了蜷身子，看着璀璨的星空，直到日出时分。天亮后水支送洪山走，车站人来人往，两个人坐在一旁的椅子上等发车。

水支说，那个……谢谢你来看我。

洪山笑笑说，这有什么。

水支沉默了一会儿，支支吾吾地说，我也不知道怎么回事，明明不想告诉你这件事，明明很想坚强起来，但还是忍不住写信给你；明明很想考上厦大，但又知道自己还差得很远很远——这样的我，很没用吧？

洪山看了她好久，笑了，慢慢说，可是，不开口的话就无法明白，心里想的也无法传达，还真是麻烦的生物啊，这就是人呢。

水支听完转过头看着洪山的侧脸，突然探过头亲了一口，然后小声地说，谢谢你，我最喜欢你了。

洪山认真地看着水支，两个少年坐在车站旁的椅子上，街上人来人往，车水马龙，时光铺成油画，每秒都被刻录进季节里，头发卷起的弧度，认真的眼神和温柔的对话，想记住的细节太多，最后留住一帧。

5.

高考结束，水支没有考上厦大，去了浙江的一所二流大学。洪山则继续在家帮助父亲经营渔业，一年后用赚的钱买了辆小货车，专门帮父亲给各个订货商送货。两人的联络就印证在一沓沓电话卡上。

1999年，澳门回归，曼联夺冠，全国沸腾，所有人都处在跨世纪的喜悦中。学校举办联欢晚会，水支所在的合唱团接到晚会开场的任务，提前两个月没日没夜地排练。

洪山白天送货，晚上回家前都会在镇里的公共电话亭给水支打一个电话。因为水支忙于排练，每次洪山都是听到一长串的嘟声，然后挂掉电话。赶上周末，两人通上话也是匆匆说几句，每次水支都说，对不起，还要排练。洪山只好在电话这头无奈地笑笑，说，没关系，不要累到自己。

两个人通话越来越少，直到一周连一个电话都没有，洪山就把更多的精力放在工作上。妹妹也去了住宿学校，白天只有洪山妈妈自己待在家，有一天洪山晚上回到家，发现小黛正和母亲一起有说有笑。小黛是洪山的发小，也是爸爸的朋友张叔的女儿，两家住得不远，隔着一条街道。

母亲看见洪山回来，笑着说，快来帮忙做饭，今天小黛在咱家吃饭。

小黛看着洪山笑笑，母亲接着说，你和你爸成天在外面跑，全靠小黛来家陪我了。

洪山看看小黛，说，谢谢。

小黛笑着摇摇头。

6.

圣诞节前夕，水支生日，洪山提前好几天向老爸请好假，开着货车从福建长乐直奔浙江。结果半路赶上南方下大雪，洪山被堵在高速上，两天三夜。等到了浙江已经是水支生日的第二天了，洪山在校门口等水支，因为行程匆忙，车上还拉着几筐鱼虾。

不知道是因为好奇还是新鲜，来来往往的学生们不断向他看过来，洪山被看得不自在，就背靠车厢蹲在车轮旁。等了三个多小时，水支和一个男生说说笑笑地从校门里走出来，当水支发现洪山正在远处看着自己时，先是吃惊地愣了几秒，然后飞快地跑过来说，你怎么来了？

水支见洪山被冻得脸颊通红，赶紧从脖子上摘下围脖套在洪山脖子上。洪山看着水支说，这不是你过生日吗，我来看看你。

水支带他去了学校附近的一个小餐馆，整顿饭洪山都没怎么说过话。水支问他，你怎么了？

洪山说，没什么。

水支问，那你为什么要生气？

洪山没回答，看见水支包旁边的手机，问，你买手机了吗？

水支低着头，小声说，是生日朋友送的。

洪山“哦”了一声，手里紧紧攥着贝壳手链，在桌子下犹豫了半天，又悄悄放回了口袋。

吃完饭洪山要开车回去，水支拽住他说，这么着急吗？

洪山点了点头，话都没说就开上车往回走。等车开出去几百米，洪山突然发现水支就在后面一直追。满地的雪白，拖住一双双奋力的脚印，哈气笼罩一脸粉红。

洪山赶紧跳下车跑到水支面前，生气地大喊，你在干吗！

水支红着眼，倔强地说，怎么可以不说再见就走呢！

洪山愣了一下，水支突然流了眼泪，说，怎么可以把我扔在原地就走呢？

洪山认真地看着水支，猛地把水支抱进怀里。水支边哭边说，不要一个人擅自决定就离开好不好？

洪山也红了眼，用力地点着头说，对不起，对不起。

爱人拥抱，雪花开始不断落下来，远处的烟花升上天空，背后有昼夜星辰。一切不动声色，柔语变成一针一线，交织着情愫纠缠不清。

7.

第二天水支遇到昨天和自己一起走的男生，男生微笑着问，昨天男朋友没有误会吧？

水支笑着摇摇头。

其实男生是合唱团的团长，比水支大一届，水支刚来学校时他给了很多的帮助，后来表白水支被拒绝，也没有过多纠缠，两个人就继续以朋友的关系相处。

洪山回到家后也继续努力工作，从一天拉两趟货变成了三趟，小黛依旧经常跑来陪洪山的母亲。

直到第二年春天，有一天洪山正送着货，突然刮起了大风，紧接着就是瓢泼大雨。洪山在车上开着雨刷都不能够看清前面的路况，所有车都停在路边打着双闪，直到黄昏雨势才渐渐小了下来。洪山开车回到家，还没开门就听见屋子里的阵阵哭声。洪山赶紧冲进去，发现小黛趴在母亲怀里已经哭得直不起身子了，父亲坐在一边红着眼，不停地抽烟。

原来白天洪山父亲出海打鱼赶上大风，桅杆被吹断，渔船漂向大海深处，场面一度混乱。小黛的父亲为了救他，最后自己掉进了大海里，搜救队找了四个多小时，依旧没有发现尸体。

洪山听完呆坐在地上，看着哭得不能自已的小黛，把自己嘴唇咬得发紫。

洪山看着因自责日渐消瘦的父母，把自己关在屋子里三天，颤抖着拿起电话拨通了水支的号码……

看看窗外，起风了。

半年后，洪山和小黛结婚，全家人搬到了远离海边的长沙，差点垮下的一家人又焕发了新的活力。婚后两个人一直没要孩子，洪山继续搞运输，小黛就在家帮他记账，顺便还能和洪山父母一起操持家务。日子好像阳光下细小的尘埃，飘浮着抱怨以及欢笑。

8.

又一年春天，连绵的小雨下了一个星期都没有停，北京的街上出奇地冷清。

水支的父母站在医院的走廊里，这是两人离婚后第一次走到一起。医生拿着化验单，压着嗓子说，是非霍奇金淋巴瘤。

水支父母听了先是一惊，然后颤抖着问，能治好吗？

医生看着化验单叹了口气，抬起头问，怎么现在才送来医院。

母亲以为这是在责怪她，“哇”的一声就大哭起来，一边抽噎一边断断续续地说，我们没有……没有不给她看，都怪我们……不懂，开始以为就是身子弱……她又懂事……自己也不说……

父亲在一旁皱着眉头不说话，手哆哆嗦嗦地在口袋里掏了半天，夹出一支皱皱巴巴的香烟，然后好像才意识到这是在医院，又颤颤地放了回去。

母亲说，当地的医院让我们来北京，我们一个人也不认识，来了也不知道去哪里看病。好不容易找到这里，你们能治好她的吧，能的吧？

母亲越说越激动，水支父亲拉住她说，行了，别这样。

水支母亲转身扑进他怀里大哭起来，医生叹了口气离开了。

过了一会儿两个人走进病房，水支侧过脸看看他们，突然笑了，轻轻地说，真好，大家又在一起了呢。

水支父母瞬间泪如雨下。

水支说，爸妈，带我回家吧，我不想在这里，我想回家，我想看看大海，可以吗？

水支父母办了出院手续，带水支回了长乐，在漳港租了一间屋子，走过两条街道就能看见大海。

五月，洪山的一个发小跑业务，路过长沙，拎着大包小包去看望洪山父母，顺便和洪山小聚一下。吃饭的时候发小说，大家虽然不住在一起了，但还是要好好保重啊。

洪山笑着说他，那是当然的，说什么傻话。

发小说，怎么是傻话，你看水支……

发小没说完，发现大家都突然抬起头看着他。洪山颤抖着问，你说谁？水支怎么了？

发小看了看大家，叹了口气说，她生病了，可能快要走了。

那是几年来大家吃得最沉闷的一顿饭，所有人都说不出一句话。等送走发小，洪山又把自己关在了房间里，外面洪山母亲只好不断安慰着小黛说，没事的，别担心，没事的。

第二天一大早，洪山背着书包就往外走，母亲喊他他也当作听不见，最后小黛大喊一声，你去哪儿！

洪山红着眼看看她，然后继续换鞋准备出门。小黛眼里突然滚出泪水，又大声喊了一句，我怀孕了！

洪山父母震惊地看着小黛，洪山也愣在原地。过了好长时间，洪山猛地转过身，“砰”的一声跪在地上，不停地说，对不起，但是求求你，对不起，对不起……

洪山说着，眼泪也跟着流下来。小黛又看了他一眼，然后哭着走进房间，洪山依旧跪在地上，不停地说着，对不起，对不起……

那么多“对不起”，一声一滴眼泪，淹没了房间里多年的阳光与空气。

9.

五月的漳港，亚热带季风气候，光照充足，潮湿的暖风从南边洋面上吹来，突然的一场锋面雨过境，潮湿了泛着蓝色的街道。

水支靠在床上，侧脸看着窗户发呆，窗外的山茶在轻风细雨中摇曳。

起风了啊！水支自己小声地说道。

你知道风是怎么来的吗？

书上说，是因为气流的原因。

我没怎么上过学，不知道气流是什么，但我很小的时候爷爷告诉我，如果你很想念一个人，思念就会变成风，努力地吹到他的身旁，所以这就是风了。

多年前一个少年轻轻告诉女生。

水支母亲推门进来，温柔地说，水支，吃饭了。

水支转过脸，笑着摇头说，妈，我吃不下去。

母亲看着水支叹了口气，把食物放到桌子上说，那等会儿要吃一点啊。

母亲说完就走出了房间，水支又侧过脸去。窗外雨丝细密，洪山背着包，脸上雨水泪水混作一团，正透过窗户远远地看着她。

时钟滴答，留存一沓一沓安静的碎片，背后山呼海啸，无声落下最后一幕。

10.

长沙到长乐，一千多公里的距离，又回到了曾经熟悉的地方。水支母亲告诉洪山，水支最多还有两个月的时间了。

洪山每天陪在水支身边，陪她吃家乡菜，看家乡山水，两个人一起坐在海岸边晒太阳，笑容生长在脸颊，皮肤泛起光芒。

洪山轻轻地问，怕不怕?

水支笑着摇摇头，从包里拿出一个海螺，说，不怕，自从你把它送给我后，我就什么都不怕了。

洪山眼里泛起泪光，看着水支说，对不起。

水支笑着说，后来我和那个学长在一起了段时间，不过没多久就分开了。

洪山没说话，水支继续笑问，她呢，洪山的妻子，是个很好的人吗?

洪山哽咽了一下，点了点头。

水支笑着仰起头，是吗，那就太好了。

洪山红着眼睛不说话，水支摸摸他的头说，不要伤心啊，你不是告诉我，如果很想念一个人的话，思念就会变成风，努力地吹到他的身旁，所以等我死了以后，就变成风来看你。

海浪不停涌上沙滩，起风了。

水支说，你看，又起风了，洪山的妻子一定也在非常努力地想念着洪山吧，所以你要快点回去哦。

洪山泣不成声。

一周后水支去世，是个阴天，一点太阳光都见不到。水支母亲交给洪山一个海螺，是小时候他送给水支的。洪山抱着它呆呆地看了好久，然后轻轻地放到耳边，突然从里面掉出一张叠好的纸条，洪山小心打开，上面写着：

我胆小，我懦弱，我做事犹犹豫豫，见到喜欢的不敢去争取，有想要的也不懂去表达，所以请你不要怪我啊，能和洪山在相同的季节走在同一条街道上，就已经很幸运了。可能很难坚持下去了，我很痛，但我忍着不哭，我们来不及认真相爱，幸好有机会带你看看我的一生。

木木的天突然下起了雨。

后来就再也见不到你了，可是呼吸会变成微风，下雨就是哭泣，多云转晴是你不乖又在淘气，满天星星是我看你的眼睛。

可是，以后就再也见不到你了。

11.

你知道风是怎么来的吗？

书上说，是因为气流的原因。

我没怎么上过学，不知道气流是什么，但我很小的时候爷爷告诉我，如果你很想念一个人，思念就会变成风，努力地吹到他的身旁，所以这就是风了。

听，起风了。终于有一天，我们都变成了各自的风，比一切悲伤都深刻，比一切幸福都长久，于是努力微笑着。

如果死了，不就输给这么烂的人间了吗

—

无论经历着什么，吃饱了才有希望，吃饱了才能好好地活下去，所以要加油啊，如果死了，不就输给这么烂的人间了吗？

1.

城市凌晨两点的街道，远处偶尔传来汽车发动机的声音，又很快安静下来，路边零零散散地伫立着几盏路灯，暗淡昏黄，不时闪过流浪猫流浪狗逃窜的影子。

在街道尽头有家小店，店里只有一个六十岁左右的老人。小店二十四小时营业，无论多晚都有昏黄的灯光透过玻璃射在地面上，路人只要敲敲窗，老人就会慢悠悠地来打开店门。

有天深夜，老人正在收拾店面，门被推开，进来一个二十多岁的小伙子，手里拎着一兜鸡蛋，笑嘻嘻地问，大妈，就您一个人在啊。

老人放下手里的抹布问，是，小伙子要吃点什么？

小伙子赶紧几步跑到老人面前，笑着说，我不吃东西，我是来给您送鸡蛋的，鸡蛋，母鸡咯咯咯下的那个，好东西，您收下吧。

老人一脸费解，说，可是我没有买鸡蛋啊。

小伙子笑着解释说，不，不用买，这是白送您的。

老人一惊，赶紧把鸡蛋推回小伙子的手里说，那我怎么能要呢。

小伙子又推回来说，是这样的，大妈，明天我们社区有个红歌活动，想邀请您来参加，只要您来，现场还会送您很多鸡蛋，所以您一定要来啊！我叫肖旭，您来了记得找我啊！

没等老人回应，肖旭就把鸡蛋硬塞进老人的怀里，一溜烟跑出了店门，边跑边喊，您明天一定要来啊！

肖旭跑出门外后走进隔壁的一家小超市，从口袋里摸索半天，摸出几张皱皱巴巴的零钱，然后从柜台上拿了个面包，一边啃一边往回走。

他七拐八拐地走到一条小路，路两边都是水洼和草坪，没有一盏路灯，月光打碎树影落在土路上。

四面寂静无声，肖旭的手机突然响了，他赶紧接起电话，那面的一声怒吼震得他整个人一惊，把手机甩出去五米，然后才不断说，对不起，对不起，过阵子我一定还上，您再给我点时间……

肖旭挂了电话，抬头看了看近在眼前的夜空，狠狠地咬了两口手中的面包，继续往回走。

一夜寂静，找找曾经种下的月光，走过放学的小路，阅读十几年前的笑容。岁月无声，只是我们都是在深夜里崩溃的人，我们都是在生命里死了一部分的人。

2.

下午，肖旭疯了似的冲进小店，一进门就大喊，大妈，您怎么能不讲信用呢！

店里的客人一愣，纷纷转头看过来。老人从后厨一边擦着手一边走出来，看见肖旭才略带歉意地说，你看店里这么多客人，我一忙就给忘了……要不我把鸡蛋还给你，你看我还没动呢……

肖旭一愣，一屁股坐在地上大声说，我不要鸡蛋，大妈你怎么这样啊，你说话不算数，我就不走了，不走了……

老人一时不知所措，肖旭突然抱着老人的腿说，大妈，您就去一下吧，求您了，以后您就是我亲妈，求你了！

老人赶紧拽他说，哎呀，小伙子你这是干吗啊，你快起来啊。

肖旭撒娇，说，不，妈，你不答应我我就不起来。

老人无奈，只好说，行行行，下次我去。

肖旭一听赶紧站起来说，说好了，下周二还有，您一定要去啊，一定的！

老人点点头，肖旭高兴地抱了老人一下，说，谢谢妈，鸡蛋您留着补补身子。说完他扭头看见旁边桌子上客人吃的大碗牛肉面，咽了咽吐沫，一溜烟跑出了店门。

三天后小店突然关门，门上挂着一块牌子，上面写着“暂停营业”四个字，原本在黑夜中给客人们提供着温暖的昏黄灯光也不再亮了。不断有平时经常来的客人走来看看，然后叹口气离开。

小店再次开张是半个月后，深夜十一点，黑暗的街道突然又被由窗户里射出来的光照亮。老人安静地擦拭着桌面，一会儿走进来一个客人，微笑着向老人打招呼。

老人招呼他坐下，笑着问，想要吃点什么？

客人礼貌地点点头说，来份面，再来碗粥吧。

老人转身去后厨，一会儿就端着碗热乎乎的面和粥出来。客人笑着说了声谢谢，然后问，这些日子，您去哪儿了？

老人抿抿嘴说，回乡下了，很多年前的一个朋友去世了。

客人叹息一声，啊，这样啊，真是世事无常啊。

老人说，是啊，不知道从什么时候开始，生命中除了生离，已经不断地出现死别了。

老人继续低头擦着桌子，客人犹豫了一下，说，不知道这样问合不合适，但是怎么没见过您的家人和子女？

老人头都没抬，说，我的丈夫和孩子很久前就已经离世了。

客人听了赶忙道歉，不好意思，不好意思。

老人笑着摇摇头说，没什么，都很多年过去了。

老人说完继续低头整理着桌面。安静的夜，空空的街道，无数人踩着星光走过。我们向往着天堂，正在人间路过。

3.

转天，因为长时间停业，重新开张的小店人满为患，老人在店里忙忙碌碌。旁边有两个年轻客人聊天，一个人说，肖旭这下可完了。另一个人说，可不是嘛，这小子也活该。

老人听见，走上前好奇地问，小伙子，请问你们说的肖旭是哪个？

两个年轻人看看老人，说，说了您也不认识吧，就一个骗子，还是专门骗老人的。

老人侧身看看柜台，然后问，半个月前有个给我送鸡蛋的小伙子，说自己叫肖旭，不知道和你们说的是一个人吗？

年轻人一拍桌子说，对，就是他，您可千万别相信他，他欠了高利贷，靠帮着卖保健品的集团招揽老人赚钱，现在的老人哪懂这个啊，给点好处，三句两句就被骗去了。

老人站直身子“哦”了一声，另一个年轻人说，这个人脑子也是有泡，本身就没钱，还自己花钱送鸡蛋，也没见他骗了几个老人啊。

老人放下手中的活，若有所思地走回柜台。等店里的客人都走光了，已经是深夜了，老人一个人慢慢悠悠地拾掇店面，忽然看到柜台下放着的一整兜鸡蛋。老人拎出来放在桌面上，自己坐到凳子上，轻轻叹了口气。

二十多年前，老人从娘家借钱和丈夫开了这家小店，他们还有个乖巧的儿子，正准备考大学。可丈夫嗜赌如命，欠了好几万的外债。在二十年前，几万块钱对于普通家庭已经是个天文数字。每天有人上门催债，丈夫不敢回家，就躲在外面喝酒，有天晚上喝大了，儿子就出来接爸爸回家。儿子扶着父亲，两人跌跌撞撞地往家走，结果一辆车直直地冲着两个人开过去。寂静的夜，就在鲜血中一点一点晕开了。

有人说是意外，有人说是要债的人做的，谁知道呢。但那天之后，要账的再也没有找上过门。

妻子听到噩耗，连眼泪都已经流不出来了，过了很长一段时间才听人说，晚上路过小店的时候，听见妻子在屋里号啕大哭，边哭边说，我的儿啊，那么晚了，你连晚饭都还没吃就跑去接你这不争气的爹，我的儿啊……

从此小店的夜晚再没有熄过灯。

4.

第二天一大早，老人在店门挂上了“暂停营业”的牌了，凭着记忆里的印象，一步一步地往肖旭说的地点走去。

走过两条街，转过一个街角，有个敞开的红色大门，上面用油漆涂着“老人之家”的字样，门口几个年轻人张罗着秩序，不停有老年人进进出出。

老人走到大门前，一个年轻人看见赶紧跑来迎接说，大妈您又来了啊！

老人颤颤巍巍地说，啊，我是第一次来。

年轻人一脸尴尬，不过很快变成笑容，说，没关系，您先进去找地儿坐，一会儿咱这儿来个特别厉害的健康专家，帮助您了解了解您和家人的健康状况。

老人赶紧摆摆手说，不用了，我是来找人的，你认不认识一个叫肖旭的小伙子？

年轻人一愣，想了想说，哦，我想起来了，他已经不在这里了，您先进去，我招待您是一样的，真真的，比照顾我亲妈都得认真。

老人赶紧后退几步，连连摆手说，哦，那不用了，谢谢你小伙子。

年轻人一看这情形，立马换了表情，生气地说，不是我说您，大妈，您又不进去，来这儿干吗啊，是闲的吧！

老人赶紧弯弯腰说，不好意思，不好意思。然后转身离开了。

老人一边走一边往回望，直到回到小店，发现门口蹲着一个满身泥土的小伙子，老人走近发现，这人就是自己要找的肖旭。

肖旭也抬起头看见老人，慌张地站起身就要走。老人喊住他，喂，进来吃碗面再走吧。

肖旭紧张的步伐突然就顿住了，低头摸了摸自己的肚子，犹豫了好一会儿，他才转身慢慢跟老人走进了小店。

肖旭一个人不安地坐在桌前，一会儿老人从后厨端来一大碗热汤面，放在肖旭面前，上面还加了一个大大的荷包蛋。

肖旭看着眼前的面不说话，老人微笑着把筷子放到肖旭的手里，说，快吃吧，吃饱了才有希望。

肖旭抬头看了看老人，颤颤巍巍地吃了一口面，然后眼睛突然就红了。他一口接着一口地吃光了碗里的面，连汤都没剩一口。

老人笑眯眯地看着肖旭大口大口地吃着面。

吃饱了才有希望，真好啊！

5.

肖旭自打出生就没见过自己的父亲，在他的印象里，自己八岁的时候由母亲带着离开家乡，不记得坐了多久的火车，只记得天空不断地由暗变亮再变暗。在十岁那年，他亲眼看着母亲从楼上跳了下去，肖旭一句话都没说，就站在人群的最外面，看着救护车拉走自己的母亲，然后一个人坐在路边一整天。

肖旭的生活，从此就只剩一个人。

有一天他跑到街上，看着对面卖早点的摊子，在原地站了好久才走过去，想要伸手拿一个烧饼，因为岁数小，个子矮，他要踮着脚才能够到。没想到正好被摊主看到，呵斥他，谁家的小孩？怎么偷东西？

可能因为声音太大，吓得肖旭赶紧缩回手连连后退几步，眼巴巴地看着摊主不敢说话。

旁边有人说，他就是妈妈跳了楼的那个孩子。

摊主听完看了看他，叹了口气，递给他一个烧饼。肖旭伸出小手慢慢接过来，又怯怯地看着摊主。

摊主点点头说，快吃吧。肖旭这才敢轻轻咬下一口烧饼。过了一会儿肖旭吃完，站在原地犹豫半天，又把手伸向了烧饼。

店主看到大声呵斥，你这孩子怎么这样，怎么能不说话就拿别人的东西呢，没人教的孩子就是不行！

肖旭又吓得身体一颤，然后突然“哇”的一声就哭了，边哭边说，妈妈还没吃饭呢，妈妈饿……

边上吃饭的人，一个个都红了眼眶。

6.

饭桌上，老人笑着说，对不起啊，因为老家那里的一个好姐妹突然离世了，我忙着赶回老家，就没来得及去你说的地方。

肖旭赶紧擦擦眼说，不是，是我不好，明明知道那是骗人的地方还叫您去。

老人笑笑，问，接下来呢，你准备怎么办？

肖旭低着头不说话，老人接着说，不然你在我这里帮着打个下手，我每个月给你工资，怎么样，还有住的地方。

肖旭红着眼抬起头问，这样可以吗？

老人笑着点点头，从此店里多了一个二十多岁的小伙子忙忙碌碌。

老人从来不过问肖旭以前的事情。有天晚上店里没了客人，肖旭一边收拾店面一边小声说，不知道生活什么时候才能变好啊。

老人笑笑说，我有没有和你说过关于我家乡的故事？

肖旭摇摇头，老人摆摆手让他坐下，然后说，我小时候啊，是在台湾岛上长大的，在那里有一座阳明山很古怪，天气好的时候，你抬头看看，又有星星又有月亮，进山的路也从来都是逆风的，所有东西都被吹得远远的。人们说这山以前是座岛，你走的时候要一直回头看，如果走得太远了忘记回头，你就发现已经和来路隔了一片海，就再也回不来了。

肖旭沉默不说话。

就再也回不来了，走慢一点啊，岁月不能回头，时间在遗忘之后开始。

7.

两人一起生活了两个多月，苦活累活基本上被肖旭一个人包揽，老人没什么事就做做菜。肖旭嬉皮笑脸地叫老人“妈”，老人就笑着应着，客人们也习惯了每天见到一老一少一起忙碌着，经常有人笑着说，您二位还是真有点像呢。老人也笑笑不说话。

有天深夜，客人已经走光了，肖旭一边收拾店面一边和老人笑着聊天，突然冲进来一帮人，吵着喊着找肖旭。

肖旭赶紧把老人护在身后问，你们干吗？

带头的冷笑说，你问我们干吗？你什么时候还钱？

肖旭看看身后的老人，一脸慌张地说，我肯定会还你的。

带头的一挥手，一帮人上来就把肖旭按在地上打，踹肚子，抽耳光，肖旭很快就流血了。老人拼尽全力推开一群人，大声说，别打了，他欠你们多少钱？

带头的伸手一比，说，二十万。

肖旭仰起头，瞪着几个人说，没有，我就借了他们五万。

肖旭一说话，一群人又按住他接着打。老人跑到里屋拿出一个被布包着的存折，还有一张银行卡，扔到他们身上，说，别打了，我们现在就这些。

带头的翻翻存折，然后让老人把密码写给他，肖旭一出言阻拦，就被狠揍一顿。混混临走时说，这点可不够，给你们时间再准备准备，没有的话，我看这间店就不错。

等小混混们走了，老人扶起肖旭，一点一点帮他上药，然后皱着眉头问他怎么回事。

肖旭沉默了一会儿说，去年一个朋友说合伙做生意，稳赚不赔，我就找他们借了五万，借的时候他们也没说是高利贷。后来朋友带着钱跑了，我还不上，他们就让我帮他们骗老人抵债，其实他们那儿都是一些假的专家，让老人们买假的保健品。我实在不忍心，就跑掉了。

老人一边听他说一边帮他擦药，过了好一会儿才轻声说，做得对。

肖旭听完一愣，然后笑了。

为了不影响第二天开店，两个人一直收拾店铺到天微微发亮。肖旭对老人说，妈，您休息去吧，客人交给我就好。

老人笑着点点头，走回屋。肖旭一个人坐到桌子前，屋内昏暗，窗外的光透过窗帘的缝隙射进一小束，飘浮着细小又轻微的粉尘。

肖旭坐在凳子上发了很久的呆，然后才慢慢站起来打开窗帘，阳光瞬间铺满整个房间。肖旭被阳光刺得赶忙挡上眼睛，好半天才缓过来。打开店门，刚好一个妈妈领着上幼儿园的孩子走进来。

妈妈礼貌地问，这么早，有打扰到您吗?

肖旭赶紧笑着请两人进来，说，不会，不会。

女人带着孩子走进店里。外面小孩背着书包，在大街小巷骑着自行车，远处气球慢慢飞向天空，矮矮的屋檐，低低的墙根，梦的尾声和清晨一样干净。

日醒过来，夜翻过去，就又是一天开始。

8.

过了几天，肖旭请老人坐到他面前，老人笑着问他什么事。

肖旭勉强笑着，沉默了好一会儿才说，阿姨，我想离开这里。

老人听完，笑容渐渐消失，轻轻地问，怎么了吗?

肖旭说，我被他们找到了，想换个地方躲躲。

老人沉默了一会儿，说，其实躲着也不是个事儿，我们想想办法，一定有办法的。

肖旭眼里含着泪水摇了摇头，老人见状也没有再说什么，叹了口气走回里屋了。剩下肖旭一个人坐在外面，眼泪不停砸在桌面上。

一大早，肖旭没打招呼，带着行李离开了。店里客人问老人小伙子呢，老人就笑笑说，他出远门了，要好一阵才能回来呢。

几天后的一个晚上，老人送走客人后一个人拾掇店面，突然冲进来几个小混混，带头的张嘴就问肖旭在哪里。

老人愣愣地说，他走了，我也不知道去哪儿了，不过你们能不能别找他，他还欠你们多少钱，我想办法替他还。

带头的冷笑一声说，这还用你说，找不到他肯定让你这当妈的还啊，我看你这店面不错，抵给我们吧。

这时候老人才明白，其实他们不是要账，就是冲这家店来的。老人说，钱我可以慢慢还你们，但是店不能动。

小混混不听她说，从兜里拿出一张抵押合同就要老人按手印。老人不肯，几个小混混就硬拉着老人的手按，结果一个小混混失手，直接把老人推倒在地上撞晕过去了。

带头的一看也慌了，大骂，你们注意点，别闹出人命！

几个小混混拿着老人的手按了合同，又从柜台拿了点钱，跑掉了。老人被路过的客人发现，送到医院，检查后并没有什么大碍，只是轻微脑震荡，两天后出院，只是小店又很长一段时间没有营业。

店门口的槐树在冬天沉睡，嫩芽在春天徘徊，又有人大醉了一场夏天，然后又是秋天了。

立秋，降温，不断有来来往往的人打开店门，掀起棉布帘，明黄色的灯光切开阴影，倾泻街道，热气和香味也跟着一起冒出来。

老人依旧在屋内招呼着客人，只是步伐不如以前矫健了，身体也显得很虚弱。

奇怪的是那天之后并没有人来抢店，老人除了招呼客人，就一个人趴在柜台上不停地在本子上写着什么。

客人们吃饭时闲聊，有人说，听说那件事，就是之前在这里工作的小伙子跟小混混们合伙干的呢。还有人好心提醒老人，以后用人千万要小心啊，日防夜防还是家贼难防。

老人笑笑不说话，依旧每天招呼客人，在空闲时间写着什么。只是肖旭再也没有回过这家小店。

三年后，老人去世，从此再也没有小店的灯光照亮深夜。曾经的小店常客每每路过这里，都会轻轻叹口气，轻轻地，只有自己会发觉，而这世界假装没发生过。

9.

又过了两年，街道尽头的小店突然又亮起了灯，一个客人好奇跑进来，发现店里的人正是肖旭，只不过脸上多了沧桑和稳重。

客人惊奇地看着他问，你回来了？

肖旭笑着点点头说，嗯，我回来了。

屋内灯光的温度没有变冷，就还是从前的样子。

六年前，因为害怕小店受自己的牵连，肖旭一个人在小店里坐了一整夜，然后决定离开这里，可又担心老人，就偷偷在附近找了一个地方住。小店被抢的那天晚上，几个混混跑出来正好撞见肖旭，肖旭看见他们手上拿的东西，拼了命地想要抢回来。

几个小混混围着打他，还掏出刀子恐吓他说，你别管闲事，之前的事情一笔勾销。

肖旭不肯，几个人打红了眼，肖旭夺过刀扎进带头小混混的肚子里，其他几个人看事情闹大了，撒腿就跑。肖旭一个人站在原地，手中的刀慢慢滑落，人也应声坐在地上，手中捏着沾满血渍的房屋抵押合同，满脸惊恐。

等肖旭反应过来，跑去派出所自首。等他再看见外面的阳光，地球已经转了好几个春夏秋冬。

肖旭听说老人已经过世了，他回到这家小店，门面上铺满了尘土。

肖旭知道老人习惯把钥匙藏在门框上，伸手摸索了半天才找到，打开店门走进去，这里还保留着很多年前的气息。

肖旭一个人埋头打扫，在柜台下面发现一个牛皮纸的本子，肖旭掸掸上面的尘土，封面上竟然写着自己的名字。

肖旭翻开，里面一页一页的都是菜谱，都是老人的笔迹，翻到最后一页，上面写着：

我知道你一定会回来，所以妈妈用这段时间给你写了本简单的菜谱，你要好好学习啊，因为能做饭，就不会饿到自己。无论经历着什么，吃饱了才有希望，吃饱了才能好好地活下去，所以要加油啊，如果死了，不就输给这么烂的人间了吗？

肖旭泪如雨下。

10.

城市凌晨两点的街道，远处偶尔传来汽车发动机的声音，又很快安静下来，路边零零散散地伫立着几盏路灯，暗淡昏黄，不时闪过流浪猫流浪狗逃窜的影子。

在街道尽头有家小店，二十四小时营业，无论多晚都有昏黄的灯光透过玻璃射在地面上，路人只要敲敲窗，有个小伙子就会笑着来打开店门。

客人有时会笑呵呵地说，多亏你啊，不然这么晚还真难吃到热乎乎的饭呢。

小伙子就笑笑不说话。当然要吃饭了，无论经历着什么，吃饱了才有希望，吃饱了才能好好地活下去，如果死了，不就输给这么烂的人间了吗？

这一天，我终于来到了你的身旁

—

我终于等到了你在的那辆车
我知道下一秒你会看到我
我知道我们会互相喜欢
我知道不久后我们会肩并肩地越走越远，面对面地悄然不见
可那又怎么样呢
这一天，我终于来到了你的身旁

1.

2005年，夏，枫桥镇上搬来了一个二十多岁的年轻人。

镇子很小，没有多少人，人们的生活简单，还是以农业为主，镇子外面就是大片的耕地。一到晚上满天的星河，月光温柔地洒满一地。大人们晚饭过后就在葡萄藤下乘凉，小孩们四散着捉蝴蝶和萤火虫。只是镇子上的年轻人都争着抢着逃到外面的大城市去，所以人们都不明白他为什么要搬来这里。

尽管这样，镇上还是会有热闹的时候，就是火车经过小镇站台的时候。镇子偏远又小，所以只有一辆火车会经过这里，在站台停留两分钟。火车响着汽笛经过，带着远方的欢笑和风雨，远处田里总会有中年的男人女人回头大喊，娃，快来看火车！

站台旁边是一大片西瓜地，火车进站的时候总有乘客透过窗户喊农家来，想买个瓜吃。这时当地人就会笑着从地里摘一个递进车里说，不要钱，拿着解解渴。

因为常年的风吹日晒，站台已经破烂到连站牌都没有了，而且站台上只有一个工作人员，是个看起来六十岁左右的老大爷。每当火车经过的时候，他就缓缓地走到站台上笔直地站好，一直等到火车离开，他才又慢慢地走回旁边的小屋，点上一根草烟，坐在靠窗的木板床上眯缝着眼，就像是睡着了一样。

像往常一样，老大爷正坐在门口抽烟，来到镇上的年轻人走到老大爷面前，有礼貌地说，您好，我可以在这里工作吗？

老大爷抬头看了看他，吸了一口烟说，年轻人不要随便冲动，这里很无聊的。

年轻人再次低着头说，没关系，请您给我一个机会。

老大爷盯着他看了一会儿，缓缓站起身来说，你跟我进来吧。

老大爷转身走进屋子里，年轻人也跟了进来。屋子的窗户不大，但是朝向南面，阳光透过窗户蓬松地洒在地面上。屋里只有一个电风扇，不知道是因为老旧还是太安静，风扇吱吱呀呀的声音有些大，但在这炎热的夏天，能有一点点凉风吹过来，就已经很舒服了。

老大爷搬了一个凳子，然后自己坐在旁边的床上，小声地说，坐吧。

年轻人赶紧道谢，然后坐在了老大爷的对面。

老大爷又点着了一根烟，说，你叫什么名字？

年轻人说，我叫高井，刚刚来到这里不久，希望您能给我这个工作机会。

老大爷接着问，为什么要来这里工作，现在的年轻人不都想到大城市里去看看吗？

高井低着头，半天不知道说什么。

那十几秒钟世界一片安静，就只剩下外面的蝉叫和屋内风扇转动的声音。老大爷看着高井，然后说，在这里工作不要嫌无聊，我姓刘，以后叫我刘师傅就可以了，明天开始来上班。

刘师傅说完就起身出去了，高井吃惊地看着他的背影，愣了半天才激动地说，好，好，谢谢刘大爷！

刘师傅头都没回地说，以后不许再叫我刘大爷，叫刘师傅！

高井抓抓头笑着说，好，好，刘师傅。

2.

以后每天早上六点，高井就早早地来到刘师傅的小屋，有时候刘师傅还在睡觉，他就在外面扫扫站台，或是擦擦栏杆。时间长了，刘师傅说他，你不用来这么早，咱们这里每天只有一辆火车经过，没事的话可以在家多休息休息。

高井笑着说，没关系，闲着也是闲着，还不如在这里活动活动。

有天突然下大雨，整个小镇瞬间被雨水覆盖。刘师傅的小屋经不住大风大雨，房顶开始漏雨，刘师傅和高井俩人冒着雨修补房顶，尽管穿着雨衣，但风雨太大，修好屋顶两个人也都全身湿透了。俩人站在门口拧着满是雨水的衣服，刘师傅看了一眼表，说，这雨下得，原本该按时到的火车还没有来。

高井一边拧着衣服一边笑着说，别担心刘师傅，今天这辆车晚点四十分钟，很快就来了。

刘师傅停下手里的动作，看着高井问，你怎么知道？

这一问让高井愣了下，然后赶紧笑着说，我大概估计的，应该差不多吧，哈哈哈……

果然，没过多久，火车在雨帘中缓缓开进站台，在灯光的折射下，雨丝细长透明，不断地砸在站台上，盛开出一朵朵水花。高井笑着和刘师傅说，看，火车来了！然后急忙穿上雨衣跳进雨里，笔直地站在站台旁。后面刘师傅安静地盯着他看了好久，然后默默熄灭了手中的烟头，转身走进屋子里了。

3.

2005年10月的一天，天很晴，风很柔，阳光很好，时间柔软地铺在水上。高井穿着崭新的衬衫立在站台上，看得出来他满心欢喜，像是在等待着很久未见的某人一样。刘师傅从屋内搬出了一把凳子放在屋子前面，坐下，静静地看着远处的高井。

一上午过去了，太阳从脚畔转到了头顶，高井还是一直站在那里。刘师傅在远处喊，喂，小子，吃午饭了。

高井笑着冲这边大喊，刘师傅，我不饿，您一个人吃吧。刘师傅看着他摇摇头，自己一个人走进屋子吃饭了。

到下午，远处的火车缓缓开进站台，从车上下来几位乘客，都是小镇里熟悉的面孔。高井就站在一旁，等火车快要开动的时候，车上又急匆匆地冲下一个姑娘，下车后她显得很茫然，左右看看，不知道怎么办。

然后她看见了一旁背对着她站着的高井，她慌慌张张地跑到高井身后问，你好，能不能问你一下……

高井转过身，用手揉揉眼睛，女生突然愣了一下，改口说，你的眼睛没事吧？

高井微笑着说，没关系，我的眼睛被风一吹就会很不舒服，你刚刚要问什么？

女生回过神，说，这是枫桥镇吗？

高井点点头，女生接着问，那你知道枫桥学校吗？

高井又点点头，女生高兴地跳起来，说，太好了，我是来这里代课的老师，你能不能带我过去？

高井笑着说，可以啊。然后冲着远处的刘师傅喊，刘师傅，她刚来这里，找不到地方，我带她去一下！

刘师傅叉着腰看了两个人一会儿，挥了挥手表示走吧。

一路上女生不停地向高井询问这里的情况，高井就耐心地给她回答。快到的时候女生不好意思地问高井，不会影响到你的工作吧？

高井笑着说，不会的，这里很偏，每天只有一辆火车经过，然后晚上写写工作日志就好了。

女生开心地说，那就好。

高井看着她笑了，说，教美术会不会很辛苦？

女生说，不会啊，相比其他的学科，我要轻松不少呢。

高井笑笑不说话，继续往前走，女生突然转过头来问，你怎么知道我是教美术的？

高井说，不是你刚才告诉我的吗？

女生抓抓头说，是吗？我怎么不记得？

刚好走到学校门口，高井笑着说，别想了，已经到了，你快去报到吧。

女生看了一眼前面的学校，高兴地说，好，谢谢你啊。然后跑进学校大门，跑了几步后突然停下，回头说，对了，我叫许贞，贞子的贞，我们回头见呀！

高井笑着站在原地，看着许贞说，好，回头见。

高井看着她走进学校，然后一个人原路返回。才十月，这里就已经很凉了，路边不断有花瓣飘下来，覆盖了整条街道。晚上高井的工作日志写着：今天是2005年10月25日，周二，我在枫桥，风和日丽，世界和平。

4.

在这个小镇站台工作是没有双休日的，周末，高井和刘师傅像往常一样，静静地坐在小屋的门外，都不说话。刘师傅抽着烟，高井就仰着脸看头顶上的树叶，偶尔一阵风吹过，几片树叶零零散散地落了下来，一片刚好掉在高井的脸上。

高井把树叶从脸上拿下来，仔细看了看上面的纹路，又看了看自己的手纹，都是弯弯曲曲纠缠在一起的曲线。高井再抬头的时候，看到远处许贞正骑着自行车过来，带起的风把她的裙摆荡得像一层层涟漪。

许贞骑到小房子前，把车子放在一旁，从车筐里拎出一个塑料袋走到高井面前，说，喏，给你的。

高井好奇地接过来，问，这是什么？

许贞笑着说，这是我炸的茄夹子，茄子是这周我带着同学们出去写生时一起摘的，肉还是我特意跑去菜市场买的呢。

高井打开饭盒，里面排着两排金黄色的茄夹子，还是温热的。许贞背着手说，刘大爷，这里还有你的呢。

刘师傅一边抽着烟一边笑着说，哟，我还跟着沾个光，那我也尝一个。刘师傅起身过来，用筷子夹了一块放进嘴里，嚼了两口笑着说，好吃，好吃啊！

高井也夹了一块放进嘴里，然后眼睛放着光说，真的啊，好好吃！紧接着两大口吃完了一整块茄夹子。

许贞笑着说，你们喜欢吃，我还给你们做，我买的肉还剩了好多呢。

高井和刘师傅笑呵呵地一边吃一边说，好啊，好啊。许贞看着两个人，在一旁笑得像个小孩子。

5.

半个月后的一个晚上，许贞突然打电话给高井说，能不能帮帮我，学校有个小孩子生病了，要赶紧送去医院才可以。

可能是因为太着急的缘故，许贞说话的声音已经带着哭腔。高井在电话那头说，别着急，我就在学校门口，马上就过来。

两分钟后，高井冲到学校的宿舍楼里，看了一眼脸上带着泪的许贞，说了句“别担心”，然后抱着小孩就往外跑。小孩是个男生，还是个小胖子，高井抱着他跑到医院的时候已经大汗淋漓了，许贞紧紧跟在后面，医生出来说，别太担心，是阑尾炎，交给我们就好了。

两个人赶紧连声说，谢谢大夫，谢谢大夫！

医生转身离开后，两人瘫坐在医院走廊的座椅上，大口喘着气。

过了一会儿许贞低着头说，这个小孩父母都不在了，身边也没有亲人，所以只能住在学校里。

高井看了许贞两秒，笑着摸摸她的头发说，没关系，医生不都说了吗，阑尾炎而已，交给他们就好了，别担心。

许贞认真地看了他一会儿，笑着点了点头，然后头仰靠在椅背上，用手捶捶肩膀。她突然又坐直，问，这么晚了，你怎么会在学校门口呢？

高井想了两秒，笑着说，本来在家都要躺下休息了，忽然想起今天的工作日志还没有写，就跑去小房子了，回来的路上刚好接到你的电话。

高井说完就微笑着看着她，许贞也看了看他，然后又继续半躺在座椅上，静静地看着天花板，许久突然说，谢谢你啊。

高井说，嗯？

许贞摇摇头说，没什么。

过了好一会儿没听到高井的声音，许贞好奇地扭过头，看见高井又在揉他的眼睛。许贞问，眼睛又不舒服了吗？

高井说，嗯，春秋是最严重的时候。

许贞说，要不要看一下，正好也到医院了。

高井赶紧摆摆手说，算了，还不知道小胖怎么样呢。

许贞听完又默默地低下了头，说，是啊，希望他好好的。

俩人在医院的走廊上过了一夜。四天后小胖出院，左手牵着许贞，右手牵着高井。气温很低，许贞戴着围脖还是挡不住寒气。太阳落下，路灯亮起，全世界的安静，一点一点淹没了三个人的影子。

6.

许贞在这里第一次看到雪，是在十二月份。那天她邀请高井来家里，自己煮了火锅，两人正坐在窗前一边吃火锅一边聊天，突然许贞指着外面说，你看！下雪了！

高井只向窗外看了一眼，然后就默默地盯着许贞看，许贞完全没有意识到，一脸兴奋地趴在窗户上向外看。过了一会儿许贞扭过头，发现高井在看自己，问，你看我干吗？

高井笑着说，没什么，只是突然想起来今天会有烟花表演，我们吃完饭去看吧。

许贞高兴地说，好啊！

晚上，两人爬到了学校不远处的山坡上，上面已经有很多大人领着小孩子在等候了，大人笑，小孩闹。许贞说，这里真好啊！

高井点点头说，是啊，我也喜欢这里。

突然，一个白色的光点快速蹿上天空，然后暗了两秒，紧接着一个彩色的圆球绽放在半空中。所有小孩子都欢呼起来，许贞也捂着嘴，满脸的感慨与兴奋。接着烟花开始密集地升上天空，世界在欢闹中变得孤立起来。

许贞小声说，我喜欢你。

高井大声地问，你说什么？太吵了我听不到！

许贞看了一眼高井，冲着他大声地喊，我说我好开心啊！

高井温柔地看着许贞笑了笑，然后大声地说，我也是！

许贞又扭头看着天上的烟花，过了一会儿她看到高井揉着眼睛，温柔地问，眼睛又不舒服了吗？我们要不要回去？

高井揉揉眼，笑着大声说，没关系，这个看不到，跟瞎了有什么区别啊！

然后两个人一起大笑起来，在无数欢闹、大笑和烟花炸开的声音中，整个世界温柔入眠。

7.

后来，两个人一起在大雪中等过火车驶过站台，在晴天的夜里坐在山坡上看过星星，在夜市上吃过一条街的小吃，在小站的角落拍过无数照片，在初春的田野里写过生，许贞还给高井画了一幅肖像，被他挂在自己的房间。

当站台旁的西瓜地又变成一片翠色的时候，车上的乘客依旧会喊农家来买个瓜，农家就笑呵呵地摘一个递过去说，解解渴吧，不要钱。

这天许贞跑遍了小镇，也没有找到高井的影子。许贞给高井打电话，嘟了几声后接通，许贞问，你在哪儿？

高井没有回答，沉默了一会儿说，你要走了吗？

许贞愣了一下，问，你怎么知道？

高井说，嗯，一年的代课时间，也很快呢，见你是深秋，转眼已盛夏。

许贞咬着嘴唇不知道说什么。大概她想说，都过去了，算了；也许是，总之，谢谢你；也许是，你加油，保重；也许是，好的，别难过。可最后她只看了行李一眼，什么都没说出口。

在站台，她遇到刘师傅，刘师傅抽着烟问，要走啦？

许贞忍着眼泪点点头，刘师傅说，没事多回来看看，孩子们会想你的。

许贞带着哭腔说，好。

刘师傅一挥手说，快上车吧，车马上就开了。

许贞点点头，眼睛一直望向远处，可没有任何人影。许贞慢慢走上车，三步一回头。许贞找到一个靠窗的位置坐下来，火车慢慢开动，她看了一眼窗外，高井穿着一件衬衫，正微笑着看着自己。

许贞激动地从座位上站起来，满脸的泪水。高井微笑着用两个食指在嘴上画出一条两端向上的弧线，许贞明白高井是想让她微笑，她点点头，可依旧泪流满面地打开窗喊，我们还会见面吗？

高井笑着大声回复，会啊，一定会的！

许贞把头探出窗外，用力地挥着手。火车越来越快，直到站台变成一个黑点，最后消失不见，许贞才含着泪坐回车里。在站台上，高井微笑着，微笑着，然后变成失声痛哭。

远处的刘师傅抽着烟摇了摇头，转身走进屋子里了。

这个站台被月光洗刷了很多次，夕阳每天缓缓把它照得柔软。一切好像是我们再相遇，你恰好经过这里，它留住你的影子，从此不要再有人经过，让我安心静守在一旁。

多么美好的离别啊，可这世上最美好的东西，只能用深痛巨创来换取。

8.

许贞回到原来的城市，回到了原本生活的正轨，依旧做老师，每天看着孩子们吵吵闹闹，下班回家后喜欢胸部朝下地趴在床上，一动不动地待上半个小时，周末会回家和父母一起吃顿饭。日子像阳光下细小的尘埃，飘浮着抱怨和欢笑。

同校的一个体育老师向许贞表明了好感，男生比她小一岁，人不算帅，但很温柔，经常带她吃一些街边夜市的小吃，还会帮她教训那群不听话的男同学。许贞父母也很喜欢他，半年后她顺理成章地成了他的女朋友，婚期定在明年的春天。

六月学校放暑假，许贞坐了四个小时的火车来到枫桥镇，一下火车就遇到刘师傅，他还是老样子，只是又多了些白发。刘师傅看见许贞，笑呵呵地问，哟，回来啦?

许贞笑着说，嗯，学校放假，想出来休息休息。

刘师傅说，是啊，工作到底是生活的一部分，生活还是要好好生活啊。

许贞点点头，沉默了一会儿，问，高井呢，他没有来工作吗?

刘师傅说，啊，他啊，他在你离开后不久也就离开了，到现在都快一年了吧。

许贞愣了一会儿，努力笑着说，哦，这样啊，那我先回学校去看看学生，回头我再来看您。

许贞回学校看了小胖，晚上她去了高井以前住的房间，门只是虚掩着，并没有上锁。许贞轻轻推了一下门，人还没进去，旁边出来一个大妈，好奇地问，您有什么事情吗？

许贞一扭头，大妈看着她愣了两秒，然后说，你是许贞老师吗？我家小孩当时就在你的班呢。

许贞笑着说，是啊。

大妈说，你怎么回来了？

许贞说，我回来休个假，顺便看看朋友。

大妈一拍头说，哦，我想起来了，在这儿租房子的小伙子有天突然就不见了，连东西都没有带走，我也不知道他还回不回来，再加上这间屋子平时也用不到，就没动他的东西，如果你认识他，正好可以把东西带给他。

许贞笑着点点头，然后轻轻地走进屋里。因为一年没有人住，屋里落了一层尘土。许贞打开灯，一眼就看见挂在床头的高井画像，这是她画给高井的。床头上还放着一本老旧的相册，里面也都是两个人一起游玩时拍下的照片，两人笑靥如花。

许贞打开床柜的抽屉，里面有一个日记本，上面写着“工作日志”四个字。许贞放下包，坐到椅子上打开日记本，第一页写着：

我在车站站了九个小时，终于等到了她坐的那辆火车，我知道她下一秒会看到我，我知道我们会互相喜欢，我也知道不久后我们会越走越远，可这一天，我终于来到了她的身旁。

许贞愣愣地看完，紧张得手都在颤抖，她忽然想起那天高井红着眼睛扭过头对她说，没事，我只是眼睛不舒服。

许贞接着往下翻。

今天是2005年10月25日，周二，我在枫桥，风和日丽，世界和平。明天她会带来她亲手做的茄夹子，可是她做得会有点生，大概是因为火太大的原因，不过我还是很开心，一定要表现出很好吃的样子。

今天晚上小胖会生病，阑尾炎，我提前在学校门口等着她的电话。在医院看见她辛苦的样子，我真的很心疼，希望她和小胖都可以好好的。

第一次看见雪，是在枫桥，在她学校里的那间小房间里，堆满了杂物、书和CD。外面飘雪，她在家煮了火锅。许贞带我去了山坡看烟花，她会小声地向我表白，我会装作没有听见，因为我们会肩并肩地越走越远，面对面地悄然不见。真的对不起，如果可以，我是多么想和你在一起。

许贞看着看着，不停地掉下眼泪，又想起那天高井站在山坡上，揉着眼睛说，没关系，我只是眼睛不舒服。

明天许贞会离开这个小镇，我会忍不住去看她最后一面，明明不想去的，所以只好忍住不哭。看着她渐渐远离这个小镇，原来我们真的是最后一面了。

许贞翻到最后一页，上面写着：

你结婚了，日子过得不好也不坏，家务很多，空闲很少，大风天依旧感冒，不再画画，挣钱不多，忧愁不少，关于这些，梦里见我，你都没说。

日子是明年的春天，许贞约定结婚的那一天。

许贞颤抖着合上日记本，哭着说，为什么，为什么你都知道？为什么我都不知道？这样对你多不公平，自己默默地承受着一切。

许贞越哭声越大。可是能知道未来的你，去了哪里呢。

9.

2005年，夏，枫桥镇上搬来了一个二十多岁的年轻人。

镇子很小，没有多少人，人们的生活简单，还是以农业为主，镇子外面就是大片的耕地。一到晚上满天的星河，月光温柔地洒满一地。大人们晚饭过后就在葡萄藤下乘凉，小孩们四散着捉蝴蝶和萤火虫。只是镇子上的年轻人都争着抢着逃到外面的大城市去，所以人们都不明白他为什么要搬来这里。

年轻人应聘了站台的工作，每天早早地来到这里。有天天很晴，风很柔，阳光很好，时间柔软地铺在水上，高井穿着崭新的衬衫立在站台上。

我终于等到了你在的那辆车

我知道下一秒你会看到我

我知道我们会互相喜欢

我知道不久后我们会肩并肩地越走越远，面对面地悄然不见

可那又怎么样呢

远处一辆火车低鸣着驶进站台，从车上下来几位乘客，有一位急匆匆冲下来的姑娘。下车后她显得很茫然，左右看看，不知道怎么办。然后她看见了一旁背对着她站着的高井，她慌慌张张地跑到他的身后问，你好，能不能问你一下……

高井红着眼睛转过身。

10.

这一天，我终于来到了你的身旁。

平行北京

—

那天，我们错过了唯一的相遇。

1.

2016年7月

我刚到北京的时候，在海淀玉泉路附近租了房子，工作地点在四季青，坐公交114直达。

工作一阵子后发现，其实工作最恐怖的地方不在于工作内容本身，而是日复一日。日复一日就会让人麻木，也让人想起很多忘记很多。

跟我合租的朋友为了抵抗这种麻木，养了一只猫、一只狗、五条金鱼，还有一只王八。有时候我下班回来也会给它们带一些好吃的，时间长了，它们一听见我上楼就开始往门口跑，边跑边叫。起初朋友也是动力满满，每天早上六点准时出门遛狗，周末给它们洗澡换水。但仅仅坚持了一个月，工作和时间的压力让朋友渐渐疏于对它们的照顾，最后只好无奈地把狗子转给了更好的主人。

我和朋友说，别太难过，等以后真的安定下来，再养一只。

朋友点点头不说话，看着它叼着新的玩具，慢慢上了新车，努力地摇着尾巴，却看不出一点高兴的样子。对于狗子来说，大概从来没有想过要换主人吧，以为一生不会有分离。

从此屋内再没有突然的欢闹。

七月，记忆里，夏天是属于童年的，电风扇叶不停飞速地转，阳光蓬松地扑进窗户，屋内一片安静，屋外蝉鸣不停，小朋友们浑身滴答着汗水。班长是学习最棒的，文艺委员是长得最好看的，我们好像什么都不是，只是在梦里通过后门的玻璃，偷看一眼自己微小的背影。

已经过去这么久了啊。

2016年8月

工作日复一日，很少跑出家与公司的两点之间。中旬突然接到朋友婚礼的通知，是曾经的初中同学，很漂亮。那些年我们没有追过什么女孩，倒是背后偷偷聊到过不少，她是其中一个。

十号拿到工资，交掉房租，留下一个月的伙食费，看着仅剩的可怜的余额，犹豫了下，全部塞进红包里。接着和很久没有联系的同学们打了个电话，笑着约好婚礼上多喝几杯。

婚礼在双井地铁站附近的一个酒店举行，看到一些多年不见的同学，大家坐在一起，像是从前一样。有男生提议，等下新郎出来的时候，我们把他绊倒好不好？

众男生附和同意，等新郎新娘出场的时候，没有人伸脚，都盯着两个人看得出神。新娘还是和以前一样漂亮，新郎没我帅，但比我成熟。

到了婚礼上互表誓词的环节，一般新郎都会说“我一定让你成为最幸福的人”这种豪言壮语，而这位新郎却红着眼说，以后要你跟着我一起受苦了，多拜托了。

大概这才是生活的真相，人生苦短，幸而有你相互扶持。

婚礼过后赶地铁，遇见伴娘拎着高跟鞋走过来，我们互相看了一眼，好像都认出了对方。她笑着和我说，没办法，只请了两个小时的假，还要赶着去上班。外面气温38.5℃，女生流的汗让头发紧贴着脸颊。

我笑着说，外面可真是热哈。

女生点点头，眼睛纯净得发亮，说，我讨厌八月……

女生还没说完，地铁已经开过来，车道沟方向。她说，地铁来了，你走吗？

我指指对面说，我是那个方向。

女生笑着说，那我先走啦。然后跑进了地铁。

我也讨厌八月，我还讨厌纪念品，讨厌思考，讨厌时间看起来那么长又偏偏过得那么快，讨厌发呆，讨厌日复一日。

2016年9月

因为一些原因，我告别了合租的室友，搬到了常营，一个人住。

那段时间没日没夜地赶稿子，睡眠也不好，每天晚上都要开着电视，听着各种角色对话，才能睡着。后来就习惯了睡在沙发上，电视整夜开着。有时候半夜醒了，电视画面还在动，鱼缸冒着一串水泡，感觉时间就这样慢慢走，连终点都不需要知道。

那时半夜经常出去买吃的，中间需要走过一个天桥，上面有个流浪歌手每天晚上都在那儿唱歌。有天半夜一点，我坐在路边吃完麻辣烫准备回家写稿，路过天桥时，流浪歌手还在那里唱着《光辉岁月》。已是深夜了，天桥上还是不断有行人走过，主要是一些上班族，加班到现在，拖着疲惫的身体，一步一个夜色。

我站在一旁，他看了看我，继续低头唱歌。听完一首，我想点支烟，拿出烟盒的时候才发现已经空了。他低声说，抽我的吧。然后掏出烟盒递给我一支。

我愣了一下，然后接过来说，谢谢你。

他也点了一根，说，总能在很晚的时候看见你从这里路过。

我说，嗯，最近睡眠也不好，不如出来吃点东西。

他轻轻一笑，一边把吉他装起来一边说，我准备走了。

我说，好。

我转身走了几步，他突然在后面说，谢谢你。

我回头笑笑，继续走，可是最近为什么睡不好呢？

2016年10月

十月，连着下了很多天的雨，晾在阳台的衣服一直没有干。

老人们说，这个季节，梦里清凉地上雨水多。意思就是这个时节会常常下雨，半夜气温也很低。

一不小心就大病一场，躺在医院里输液，护士是个温柔的女生，连续一周都在值夜班。有次她来扎针，我问，你们一般不都是一天夜班一天白班吗？

女生轻轻笑了笑说，是我申请的。

我没说话，一个在夜晚不想回家的人，一定有太多的痛。

后来每次她来查房的时候，我都笑着和她聊两句，时间长了，她没事的时候就来找我聊天。有天女生突然问我，你有喜欢的人吗？

我点点头，女生又问，那她在你眼里是什么样子呢？

我想想说，她啊，是个很美好的姑娘，很聪明，眼睛很漂亮，也很爱笑。大概是因为出生在四月，所以发梢有梅雨的味道。而且她的手心很爱出汗，像是有座湖泊，一翻手，世界就大雨滂沱。

女生听着不说话了，过了一会儿我笑着说，你在喜欢你的人眼里，也是很美好的。

女生怀疑地问，是吗？

我说，是啊，喜欢上一个人，就会变成瞎子、聋子，甚至可能还有些智障。

女生“噗”地笑了。

等我病好的时候，她送我一张明信片，说本来是想送给别人的，但是现在没必要了，扔掉又舍不得。

我说，好，那我收下了，改天帮你寄出去，寄到哪里算哪里。

女生点点头。

后来又开始忙于工作，在那张明信片上面随便写了点东西就扔到了一旁。有天突然想起来，翻箱倒柜地怎么也找不到，直到几个月后才偶然在抽屉的角落里发现，上面写着：

记忆找不到我，是你忘了带我走，秋天还沉睡在路边，你是时间吹落的书签，你是微风打散的扉页，你是退潮卷起的那

一溪明亮。我希望落叶铺满车站，伫立的时候季风刚好吹过，我希望走过的地方都有月光覆盖，影子缠绵在脚边，在人潮拥挤的季节，忘记你已经离开很久。

原来在这里。

2016年11月

最近开始多梦，大概是月初工作太累的缘故。

总做系列剧情的梦，就是梦和梦之间总是有这样或那样的关联。比如昨天梦见外面狂风暴雨，自己借着风力，小腿一用力就能冲上天空，再一用力，简直要越过大气层；第二天就梦见给被外星人抓走的人们运送食物，还发现了三米高的兔子们，凶残无比，抓到人就送回基地做成食物，害怕得拼命飞……

我的梦总是充满末日情怀，遗憾的是，会飞的我从来没有成为谁的英雄。

一梦到月底，我的生日到了。

几个朋友拎着蛋糕、啤酒、零食跑到家里来，两个进厨房做菜，两个对着电视机打游戏，剩下的打牌聊天。

生日快乐，快许个愿吧！

闭上眼睛，默数三秒，然后吹灭蜡烛。朋友沸腾起来，兴奋地问，你许的什么愿望？

我笑笑没说话，朋友嘘声一片，说，肯定和某个姑娘有关吧。

我说，真的不是。

大家玩到凌晨，我说，今天都睡在这里吧，沙发地板凑合一下。

朋友们回绝说，不行啊，明天还要赶公交上班，等周末吧，大家再一起玩。

我点点头，等把朋友都送走后，慢慢拾掇房间，零食袋、啤酒瓶、蛋糕盒，一起扔到楼下的垃圾箱，回来的时候抬头看了一眼夜空，突然想起周星驰拍的电影《喜剧之王》里的桥段：

尹天仇：你一定会成为很出色的坐台小姐。

柳飘飘：多谢，你一定会成为很出色的死跑龙套的。

尹天仇：多谢。

柳飘飘：看，前面漆黑一片，什么也看不到。

尹天仇：也不是，天亮后就会很美的。

十一月过完，2016年也就快结束了，大概今年我们也没什么机会拯救世界了吧。即使我们每天都只做着琐碎的事，打着低级的小怪，捡着零碎的经验值，蹒跚于这个世界，但只要有想念的人，就已经很好了，只要有想遇见的人，就不会孤单。

生日快乐，你有什么愿望吗？

我没有愿望，在没有愿望的时候，一切所得都是生命中的惊喜，我喜欢这种惊喜。

2016年12月

不是2002年，第一场雪来得也比以往更早一些。

提前一个月买了回家的车票，新书也正式上市了。去楼下拿样书，看见路边一个男生不停地给女友道歉，不知道是着急还是天气太冷，男生脸颊通红。

女生扭着头说，没关系啊，我不在意，你不用跟我解释，我没生气，我没那么小心眼，你们是好朋友嘛，真的我不生气……你他妈别碰我！

我原地愣了两秒，然后拿了快递赶紧走开了。心想，女生都是骗子，不是说不生气吗？

到家抱着暖气一动也不想动，朋友突然从微信上给我发了张女生的照片，说，这是我新女朋友，怎么样？

我抱着手机看了半天，很熟悉，总感觉似曾相识。思考的时候发现暖气越来越凉，给物业打电话才知道锅炉坏了，要一两天才能修好，无奈只好再往身上加件衣服。打开衣柜，呼啦啦掉出一大堆，突然感觉这么多年买的衣服，每件看起来也都差不多。

我马上想起刚才朋友发给我的他新女友的照片，之所以看着那么眼熟，是因为这货以前的女朋友笑起来也有酒窝啊。

大概这是注定的，茫然地找来找去，其实一开始就已经找到了。

2017年1月

真的是天寒地冻，年底公司事务繁杂，忙碌了一整个月，终于坚持到月底放假。

要回家了，在北京西站排了一个多小时的队，终于取到了回家的票。忽然在人群中看见了一个熟悉的影子，马上又被一个接一个的路人遮挡住。我赶紧错过几个身位，抬着头向刚才的方向望过去，可无论如何也找不到了。不由自主地提着行李箱向着那个方向挤过去，找了半天，只剩人山人海。

大概是看错了？拎着行李箱走进车站旁的饮品店，才发现因为心跳太快，身上出满了汗。离发车还有一个小时十五分钟，点了一杯冰水坐在靠墙的位置。墙上贴着五颜六色的纸条，一张张看过去，有一张上面写着："没关系，一切都会好的。"

那句"一切都会好的"，就这样把不够好的我们，哄到了远方。

2.

2017年6月

我是个步入工作不久的姑娘，住在朝阳青年路附近，工作地点在国贸，坐地铁六号线转十号线。

每天要加班到八点以后，回到家都已经快十点了。回家前我习惯在楼下的便利店逛上一圈，或是在旁边的生鲜店买些蔬菜水果，回家用沙拉拌一盆——不，是一碗。用它当作晚饭，我就不会变胖了吧，嘻嘻。

我常常在想，才六月就已经这么热了，三伏天要怎么办啊！到家冲个澡，刷刷微博看看剧，有时候和家里人视频一会儿，十一点多就要赶紧关灯休息了，有时候想多看一会儿视频，还要把声音调得很小——隔壁合租的是个学法律的姑娘，脾气还有点小暴躁。

我的床边靠着一扇窗户，晚上躺在床上睡不着就可以睁眼看星星，不过现在的北京已经很少能看见星星了。可今天连月亮都没有，原来是阴天了，希望明天会下雨，天气就不会这么热了吧。月亮藏在云彩的后面，它一定在等着雨滴的到来。

因为我知道，当你在等一个人的时候，全世界的人都不会找到你。

这么久了，希望他也过得好。

2017年5月

五月找到了新的工作，在不停的加班中度过，而且除了在公司，每天还要跑到更远的常营附近的合作公司见客户，客户可真难对付，比上学时的班主任难对付多了。

不过有意思的是，不管多晚下班回家，总能在路过的一个天桥上听见有人唱歌，大概是个流浪歌手，他总喜欢唱Beyond的《光辉岁月》，我也喜欢这首歌。

有天晚上，在天桥下看见一个老人，带着一个三四岁的小女孩，小女孩一边喊着爷爷一边捡着路边的矿泉水瓶，捡起来前先放到地上用小脚踩一踩，踩扁了才放进手上的兜子里。两个人就这么一路走下去，走得路灯从沉睡到点燃。

我想，多年以后女孩长大了，这也会是她最温暖的时光吧，无论多么艰难困苦，爷爷都还在身边，就像永远不会离去。

2017年4月

四月，小时候在家里总听老人说，在这个月二十日或二十一日，太阳到达黄经30度，也就是谷雨时节。谷雨是春天最后一个节气，没想到春天这么快就过完了，接下来会很热吧。

因为月初辞了职，整月都在休息中度过，在家无聊就自己做吃的。小区后面的院子里有几棵香椿树，是楼下老奶奶种的，前几天她送来一些香椿，告诉我说，三月八，吃椿芽儿，谷雨要吃香椿。一个人在外面工作不容易，也不能在吃饭上凑合，什么时候就要吃什么东西才可以。

我又去外面买了吐司片，回家后先把香椿洗干净切成细条，然后加些盐腌制一下，把腌出的水分倒掉，加入打散的鸡蛋拌匀。要用平底不粘锅，烧热后加一点点油，再加入适量的香椿鸡蛋液，薄薄的一层就好，用中小火煎到蛋液凝固，然后翻面再煎到金黄，趁热卷起来。最后把买回来的吐司片切成小片，香椿鸡蛋卷切成小段，用牙签穿起来，就做好了。

这大概是只能在春天尾巴尝到的美味吧。我拿了一些给楼下的老奶奶吃，她一直不停地说，好吃啊，好吃啊。

还剩下一些香椿，扔掉又可惜，我就想把它们做成香椿酱。洗干净焯水，吸干水分后加入橄榄油和盐，用搅拌机打碎，最后再加一层油保存，以防它容易坏。这样平时就可以用来拌面或者抹在面包片上吃了。

整个四月，雨水开始变多。他曾说因为我是在雨季中出生，所以身上有很多季节的印记，可是我怎么没有发现呢。

2017年3月

已经过去两个月了，心情还是会突然地慌张。

前几天来“大姨妈”，请假在家躺了很多天，等好一些了，被闺密约去看电影。我俩去买爆米花，遇见两个人在一边吵架，女生大声地说，滚，不喜欢我就算了，咱们这辈子都不要再见了！然后女生径直跑进了电梯，留下男生和旁边不明所以的路人一脸惊愕。

朋友惊恐地说，现在的人脾气也太暴躁了吧！

我说，可能是急性子，据说急性子脾气都比较暴躁。

朋友笑着说，那你肯定是慢性子呗？

我笑笑不说话，朋友意味深长地说，作为闺密我必须要告诉你，女生什么都可以拖，唯独头发脏了要马上洗，顶着油头发出门，很大概率会碰到前男友、前男友的现女友、前男友的前女友、现在喜欢的男生、你爱豆、你小学暗恋的男生、你初中高中对付不了的女生，甚至可能会被追你但被你拒绝了的男生撞个正着……

我哈哈地笑着说，那我宁可永远不要洗头了。朋友惊愕地“啊”了一声，然后被我拽进了电影院。

这辈子都不要再见了，说得那么决绝，连一点回旋的余地都没有。或许很多人都是这样吧，因为太想要，可是害怕得不到，所以转身就跑，连回头的余地都不要。

下半个月突然闹起了肠胃炎，发烧39℃，在医院输了三天的液。护士看起来和我差不多大，很可爱。输液的时候她问我，是不是肠胃一直不太好？

我想想说，还好吧，上一次闹肠胃炎还是去年九月，更严重，在医院里躺了很多天。然后用手机屏幕当镜子照了照，叹了口气说，人在憔悴的时候还真是丑啊。

护士抬头看了我一眼，说，不会啊，在喜欢你的人眼里，你一直都是很美的。

我笑了笑，说，真的吗？

她说，是啊，喜欢上一个人，就会变成瞎子、聋子，甚至可能还有些智障。

我听了哈哈地笑，不过总觉得她说话有似曾相识的感觉。大病痊愈的那天风还很大，回到家打开窗户，尘土在阳台上落了一层。

窗外风吹着树叶，沙沙沙地响，原来思念的声音就是沙沙沙这样啊。

2017年2月

我回到北京已经一个月了，二十一日，北京突然下了一场大雪，世界一片白色。明明都已经春天了，雪花还是奋不顾身地落下来，它想做的事情很多，它想模糊你犹豫的脚印，它想打灭你手中的烟头，它想轻轻抚摸你的脸颊，然后又在不经意间消失。

在这个世界上，又是谁把最努力的样子放在你身上呢。

周末去朋友家吃饭，惊奇地发现她家多了一只小狗，很怕人，我一进门它就到处躲，然后小声地叫着。

朋友笑着说，我在公司楼下遇到它的，看它可怜，就给了它点吃的，没想到它就一直跟着我，一路小跑，一直跟到我快到家的时候我才发现，我觉得我们有缘，就把它带回家了。

我惊得张大嘴，问，真的啊？

朋友骄傲地点头说，是啊，不敢相信吧。

我想伸手抱抱它，它连连后退躲在沙发下不肯出来。朋友说，你知道吗，流浪猫和流浪狗是很难接近的。

我问，为什么，它们在外面饥一顿饱一顿的，有时候一天都吃不到东西，遇见对它们好的人不应该很开心吗？

朋友笑着说，不是的，它们在外面受了很多苦，被坏人追过，被鞭炮炸过，有时候为了一口吃的，被路上的车吓得东奔西窜，这些阴影很难消退。就像很多心里受过伤的人，心里仿佛有了黑洞，没有任何东西可以填补。

我听完不知道说什么，等到吃饭的时候朋友告诉我说，我妈又让我回家相亲呢。

我笑着说，你妈说有什么用，你自己又不回去。

朋友也笑，说，是啊，不过这次我可能要回去看看了。

我突然笑不出来了，想起之前她信誓旦旦地说，我这辈子都不会相亲，自己都遇不到合适的，相亲能碰到的几率有多大？

差不多一样大吧。从她家离开的时候，外面又飘起了雪花，朋友抱着她的小狗送我到楼下。真好啊，在下雪天可以互相陪伴着，即便是只小狗。

原来这个世上本没有家，当渴望和渴望相遇，便成了家。

2017年1月

我又回到了北京，北京西站还是永远那么多的人。这座城市从来不会因为谁的离去而哭泣，也不会因为谁的到来而欢喜，它就在那里，不喜不悲，不偏不倚。

在车站的时候，有一瞬间好像突然看到了某个人的影子，可人太多，转眼间就已经找不到了。其实只是听朋友说他也在这里，不可能这么巧就能遇见吧，北京这么大，每个人都有自己的生活轨迹，即便距离很近，遇见也是很难的事情吧。

朋友说来接我的路上正在堵车，于是我找了一家饮品店靠墙坐下。老板是个三十多岁的女人，笑着问我喝什么，我随便指了一个说，就这个吧。

老板转身去前台，我抬头看见墙上贴着五颜六色的纸条，我也随便写了张贴上去："没关系，一切都会好的。"

无论你现在经历着什么，一切都会好的吧。每个人都过着各自的生活，走着日复一日的轨迹，那么近，那么远。

在几何中，同一平面内永不相交的两条直线叫作平行线。那么在同一城市中平行生活的两个人，要以怎样的方式才能走到彼此的身旁?

喝完热饮匆匆离开，外面好冷啊！一头扎进人海。直到很多年以后，我几乎忘了你的样子、说话的声音，只是还记得你曾经说，在这个世界上，任何人之间的关联都是很脆弱的，脆弱到每一个人在对方的生命里，都是那么的渺小与漫不经心。

平行宇宙，平行北京，平行的生活轨迹，平行的人生。

3.

那天，我们错过了唯一的相遇。

别忘了回家的路

—

你看，生活其实是很艰辛的，可是我们还要努力啊！

1.

2002年的春节，我去一个小镇上买烟花，小镇上每家每户的院子前都有大片红色的炮屑，玉米被扎成捆绑在树上。小镇上只有一个音像店，门口的音响没日没夜地播放着水木年华的《一生有你》。有几个调皮的小孩在远处的墙角躲着，趁店主不注意跑过去关掉音响，然后疯笑着跑掉了。店主匆匆跑出来，冲着小孩子们的背影大声嚷几句，又笑着摇摇头打开了音响。

那年电线还是用水泥铸的杆子架着，电线杆上贴着各种广告。那年个子矮，距离天空远，抬头看见电线整齐地在云彩上划出几道伤痕。那年下了很大的一场雪，但白天依旧晴朗，奶奶把褥子挂在院子里，一直到晚上才收起来。我坐在院子里听大人讲故事，怕旧日子潮了，抖一抖月光晾晒。

买烟花回来的路上，我看见村长悄悄进了村头的王寡妇家，不一会儿就传出王寡妇痛苦的惨叫声。

我吓坏了，心想村长这么大的官还动手打女人。

几十分钟后村长从门里出来，王寡妇一边整理头发一边送他，转身回屋时发现我正呆呆地站在一旁望着她。

她愣了几秒，笑着对我说，你进来，我给你糖吃。

当时年少正直的我怒火攻心，无视王寡妇，直接追到村长家，把点燃的烟花顺着窗户扔进去。村长和他老婆活生生被我炸出来，追着要揍我。我扭头就跑，跑过村口，跑过石碾，跑过马棚旁的大坑，然后被一把拽进院墙里。

我定睛一看，一个和我差不多大的男生把食指放在嘴边，瞪着水汪汪的大眼睛冲我“嘘”了一声。然后听见外面村长老婆骂骂咧咧几句，声音变得越来越小。

还没等我说话，男孩先开口说道，不用谢我，我只是看不惯村长一家而已。

我本来是想说谢谢的，但是听他这么一说，也来了脾气，说，谁要谢你，不用你，她也追不上我。

男孩仰着脸说，那是最好的，现在你可以走了。

我愤愤地从他家院子里走出来，心想小子傲什么，回头我也往你家扔鞭炮。

后来我知道了男孩叫泽秋，家里只有他和爷爷两个人。泽秋小的时候家里被评为富农，在那个年代有钱可不是什么好事，尤其是被评为富农，简直是公然树敌，要被大家批评孤立的。大人议论，小孩往家里扔石子。泽秋母亲抵不住压力，回到自己村里改嫁了一户人家，泽秋的父亲在他七岁那年进城打工，从五层楼高的台子上掉下来，还没送到医院人就没了。

从此好好的一家人就只剩两人，全靠泽秋爷爷养的十几只羊勉强度日。

2.

正月十五放烟花，村口的山坡上是最佳观赏地点，地势高，除了能看到本村人放的烟花，连隔壁村的都看得一清二楚。

我说要去看烟花，家里人要在家看晚会。村子里的夜晚，除了月亮，一点光都没有。当时胆子小，站在院子门口踌躇很久，鼓起勇气走出十米，又赶紧跑回来，被自己气得要哭了。

泽秋从门前小路走过，说，走，看烟花去啊。

我倔强，不去。

泽秋“哦”了一声，低头继续走。

你就不能多问一句吗！过招不得有来有回啊！

我气得大喊，等一下！不然我就陪你去看看吧！

那晚我见到了记忆里最绚烂的烟火，夜晚从陌生人的脚步里盛开，烟火横跨星空，散落大地，铺在山与水之间，光晕飘浮在脸颊留下一帧，欢笑太匆忙，打翻季节落幕的声音，头顶满目韶光，划过夜的最后一篇。

然后寒假结束，我回到市里。青春就是这么猝不及防，像淋一场大雨，像看一场烟火，像童年的小熊饼干滑落在地板上，我们像雨后的青草一样疯长，除了蜡笔的痕迹，什么都不剩。

再听到泽秋的消息是十年后，我正在高三不分昼夜，泽秋带着爷爷来到保定租了间小房子。趁着放寒假，我们约在市里的一家小餐馆见面，互相认了好半天，毕竟距上次见面已经有十年了。

我们面对面坐下。他头发变得很长，但一点都不显得颓废，还是像小时候一样机灵阳光。我问他，你们怎么不在村子里了？

泽秋笑笑说，我是盘算着，这辈子不能总待在那个地方吧。

我点点头说，也对，你爷爷呢？

泽秋说，开始他让我自己来，说他在乡下生活了一辈子，每天守着十几只羊，看着每天走过的土路、坐过的山坡，都有感情了。但是你也知道，从小就我和我爷相依为命，我出来了哪还有人照顾他，我天天劝他，说了大半年，这不才说动他。

我一边听一边喊过服务员来，点了一只烤鸭、一盘炒油菜和一盘酸辣土豆丝，又要了两瓶啤酒。我问他，那你们怎么生活呢？你不上学了吗？

泽秋打开一瓶啤酒，对着瓶子喝了两大口，慢慢地说，我小学都没读完就退学了，我爷每天一边放羊一边挖挖野菜土豆什么的，晚上还要在村子边上抓蝎子卖，攒点钱不容易，全给我上学用了，不值。

我一口菜也没吃，眼睛盯着泽秋，认真地听。泽秋看了看桌子上的面酱，夹起一筷子油菜蘸了蘸放进嘴里。

我赶紧说，这是蘸着烤鸭吃的。

我帮他卷了一个放到他面前的盘子里，泽秋吃进嘴里，接着说，我不上学了，白天捡捡废品，晚上帮我爷抓抓蝎子，一天能多挣不少呢。

开始我爷还不愿意，说什么再穷不能穷教育，后来犟不过我，也就没法子了。

我认真地听着，问他，这些年你们就是这么过来的吗？

泽秋几大口喝光了一瓶啤酒，说，不是啊，后来我大点了，就跟着村里的一个包工头盖房，干了几年人家不干了，我就又找了个做链条的厂子工作，攒了点钱，听人们说在市里工作一天能挣一百呢，这不我就出来了。

我真的听呆了，不是同情他们生活不容易，而是相比我这些年每天坐在教室里，感觉他这样的生活太精彩了。当天泽秋几乎自己吃光了所有菜，两瓶啤酒也喝光了。那时我还不会喝酒，就呆呆地听着他说这些年的生活，竟然满心崇拜。

3.

后来我们虽然在一个城市，但也很少联系。我只知道泽秋在一家KTV工作了半年，晚上兼职在天桥下摆摊，卖耳机、数据线什么的。后来KTV黄了，泽秋又跑到游乐园里扮玩偶给小朋友们发气球，每天一百，一发就是将近一年的时间。

我上大二那一年，第一次和泽秋爷爷有了接触。中秋节，一位读者给我寄来月饼，满满的一箱，可能吃到明年都吃不完。我正发愁的时候突然想起泽秋，于是挑不同的口味装了一大兜跑去泽秋家里。

泽秋告诉我他和爷爷在家，但没告诉我还有一个姑娘也在。我本打算来回打车，也见不着几个人，就穿着拖鞋，连头发都没洗。走进泽秋家门，发现一个姑娘正用温润的眼睛看着我笑。

恍惚三秒，然后我连要死的心都有了。

姑娘叫雨霏，小小的，很有礼貌。泽秋介绍说这是他女朋友，在超市做销售员。有天她和朋友去游乐场玩，玩偶服里的泽秋远远地看见她，等她走近时送给了她一只最大最好看的气球。谁知道雨霏因此玩完后没有离开，给泽秋买了杯五块钱的奶茶，一直等到他工作结束，两个人就认识了。

那天最高兴的其实是泽秋爷爷，几乎乐得合不拢嘴，知道我们要来，提前买好了菜，非要下厨露一手。泽秋在一旁脸都变色了，说，别，爷，还是我来吧！

爷爷一皱眉头，说，你们在外面玩，谁都不许来！

泽秋尴尬地抓抓头，说，可你……

我看泽秋爷爷已经面露怒色，雨霏赶紧打圆场，泽秋，就顺着爷爷的意思吧。

泽秋看了雨霏一眼，还想说什么，我也皱眉头说，泽秋你别说话了，我就爱吃爷爷做的饭！

泽秋爷爷嘿嘿一笑，摆摆手说，好，好孩子。

泽秋没办法，只好不再阻拦。过了一会儿，泽秋爷爷笑着招呼我们上饭桌，来来来，快来尝尝爷爷的手艺！

泽秋颤抖着坐到椅子上，几乎连筷子都拿不稳，我跟雨霏奇怪地对视了一眼，没搭理他，自顾自坐下。

雨霏高兴地夹了一口鱼说，那我先吃啦！放进嘴里咀嚼三秒，面色铁青，说，嗯，蛮好吃的……

我感觉事情没有那么简单，夹了一口青椒炒肉放进嘴里，舌头刚碰到青椒，眼泪就直往外涌——太咸了，已经是超越酸甜苦辣咸的第六种味觉了！

泽秋爷爷在一旁笑呵呵地问，怎么样，好吃不？

我哽着喉咙说，好……好吃……好吃的……

泽秋爷爷听完更开心了，突然一拍头说，坏了，我去看看关没关火。然后起身去厨房。这时泽秋才告诉我们，爷爷一高兴就爱做饭，但就是做得难吃，每道菜都超出五味的难吃。

整顿饭，几乎是两口菜一碗米饭的节奏，最难过的是泽秋爷爷还不停笑着说，别总吃饭，还是要多吃点菜啊！

饭后我感觉口腔难受无比，推托说学校还有事情，就先离开了。走的时候大家送我下楼，泽秋爷爷边走边说，以后没事就来家里玩，我这来到城市住这么高的楼还有点不习惯呢，你来了我给你做好吃的。

我听完冷汗都下来了，赶紧说，好的好的，没问题。

走到楼下，泽秋和女朋友正和我说话，爷爷在一旁突然拍了下脑门说，哎呀，我是不是忘记关火了？我赶紧先回去看看，就不送你了啊！

我赶紧点点头，泽秋爷爷弯着腰就往楼上跑。

雨霏问，吃饭的时候爷爷不是去看过了吗？

泽秋看着爷爷的背影叹了口气，说，唉，大概是上年纪了吧。

4.

第二年春天，泽秋打电话问我知不知道哪儿有僻静一点的房子出租。我问，怎么了？

泽秋叹叹气不说话，我感觉有事情，硬逼下泽秋才告诉我，爷爷的记性越来越不好，开始是出门不记得有没有锁门，后来发展到十几分钟前做的事情都不记得，甚至有时候上完厕所都忘了擦屁股。上个月他带爷爷去医院，检查后医生告诉他，老人得了健忘症。

我愣住了，想起半年多前在泽秋家吃饭的情形。我问，那怎么办？

泽秋无奈地说，没办法，只能拿药，不知道能不能改善。

泽秋从小和爷爷相依为命，对他来说，没什么能比爷爷更重要的了，泽秋想了很久，决定夏天带爷爷回老家，看看那些相处了大半辈子的村庄、山坡、羊群，期望对爷爷的病情有好处。

对泽秋来说，离开前首先要处理的就是雨霏的问题。泽秋想了一整夜，第二天找雨霏分手。我打电话跟他说，因为这个事情，没必要吧。

泽秋在电话那头沉默了半天，说，算了，我本来就什么都没有，别耽误了人家。

老爷子虽然记性越来越不好，但是并不犯糊涂，见雨霏好久不来，就问泽秋怎么回事。泽秋笑着敷衍说，前几天不是刚来过吗，您又忘啦。老爷子听完拍拍头走到一旁坐下，还自言自语说，唉，我这个脑子。

泽秋白天还要上班，就叮嘱老爷子在家待着，千万别到处乱跑，老爷子点点头。但有天泽秋下班回家后怎么也找不到老爷子，急得给我打电话，我赶紧安慰他没事的，然后跑出来和他一起找。俩人找到后半夜，最后在一个派出所找到了泽秋爷爷，见到老爷子时，他正着急地在屋里来回转圈，嘴里不断说着，我得回家，我孙子自己害怕，我得回家……两个值班民警不断问他地址在哪儿，可老爷子怎么也想不起来。

泽秋看见爷爷，生气地大喊，不是叫你不要乱跑吗，你怎么不听话呢！

老爷子不断地搓着手说，对不起，对不起。

把老爷子带回家天都快亮了，后来才知道老爷子是见一个老乡去了，也不知道是怎么联系上的，约在家附近见面，虽然离得不远，但还是忘记了回家的路。

泽秋害怕再出现这样的事情，就把写着地址和电话的纸条放在爷爷身上，然后加快工作上的交接进度，预备再提前一个月回老家。

两个星期后泽秋带爷爷去医院复查，医生告诉他，情况不容乐观，现在还能记得人，可以后就不好说了。

泽秋呆呆地看着医生，问，不记人，是什么意思？

医生说，就是连身边的人都不认得，曾经熟悉的人，在他眼里都会变成毫不相关的陌生人。

泽秋听完神情恍惚地靠在墙上，很久后才从诊室里接出爷爷，搀扶着他慢慢地回家。

5.

有天晚上，老爷子洗完澡喊泽秋坐到面前，泽秋一脸疑惑地问，怎么了？

老爷子卷了根旱烟点着抽了两口，沉默了一会儿，说，你留在这里吧。

泽秋一愣，老爷子接着说，雨霏是个好姑娘，不能做辜负人家的事，更不能因为我，说白了，我再活还能活多久啊，快没的人了，不值得。

泽秋皱着眉头说，爷你说什么呢！

老爷子掐了手里的烟，然后双目无神地说，行了，我去洗澡了，早点休息吧。

泽秋看着爷爷的背影，又看看垃圾桶里一堆空着的袋装洗发水，眼泪止不住地掉下来——这是老爷子今晚洗的第四次澡了。

6.

老爷子不肯让泽秋回老家，泽秋就请了长假，每天带着爷爷东逛逛西看看，晚上回家后就坐在屋子里开着电视聊聊天，直到老爷子聊着聊着睡着在椅子上，泽秋才关掉电视。

一个周末，阳光暖暖地透过窗户晒进屋里，打到老爷子的身上。老爷子靠在椅子上眯着眼和泽秋说，其实，我对不住你爸啊，当年咱家被村子里评为富农，其实咱家最穷，因为这个，我儿子真是处处被人欺负啊。

泽秋嗯了一声，老爷子接着说，你奶奶走得早，那时候家里没得吃，就吃别人家碾完不要的糠，其实那都是给猪吃的东西。

老爷子说着抹抹眼角的泪，泽秋赶紧安慰说，都过去了，以后咱再也不用过那种日子了。

老爷子说，其实啊，我最希望你能早点成家啊。

泽秋听完低下头，看了看旁边自己和雨霏的合照。屋里沉默了很长一段时间，窗外偶尔传来几声鸟叫，阳光蓬松地从椅子照到窗台，一阵风吹过来，窗帘像海面的波浪轻轻扬起。老爷子慢慢转过头，疑惑地看着泽秋问，你，是谁啊？

泽秋愣了三秒，嘴角不停颤抖着，瞬间泪如雨下……

7.

半个月后，老爷子突发心梗，没抢救过来。我听说后立马赶过去，泽秋看着我，突然哭着说，爷爷走了，我再也没有亲人了……

雨霏得到消息后也赶过来，从一见面就开始哭，一个小时也没有停下来，边哭边说，前一阵爷爷还去找我做饭吃，怎么突然就这样了呢。

泽秋听完一愣，红着眼问雨霏怎么回事。雨霏说完才知道，就是老爷子迷路到了派出所的那一天，他见完老乡又凭着印象跑到了雨霏住处，给雨霏做了一顿饭。他问雨霏，你喜欢泽秋吗？

雨霏点点头，老爷子说，泽秋这孩子是我从小带到大的，就是孝顺，想带我回老家，你放心，爷爷也不想回去，也不会让他回去的。

雨霏问，真的吗？

老爷子点头说，是真的，你放心吧，我连你们结婚的钱都准备好了，所以你们要好好的。

泽秋红着眼问，什么结婚钱，我怎么没听我爷说过。

两天后，同村的老乡联系到泽秋，给了他一张银行卡，说，里面有八万块钱，是你爷爷找到我，说你大了要结婚，想把老家的房子卖了给你弄点钱。

老乡说完，泽秋和雨霏都哭了。

这时泽秋才知道爷爷为什么不肯回老家，因为房子都已经卖掉了。后来雨霏自己又添了五千，把钱还给老乡，说，这房子我们不想卖，爷爷总是忘了回家的路，我不想他连家都没有。

老乡沉默了一会儿，把五千块钱退给雨霏，说，行吧，这事就算没有。

泽秋带着雨霏回老家，把爷爷葬到了他经常放羊的那个山坡后，又在当地生活了半个月，回来后玩命工作，不敢让自己随便休息。期间我们一起吃过一次饭，聊起小时候，泽秋说，我的人生无论是什么样子，都是爷爷赐予我的，我们的生活一直很艰辛，小时候就靠爷爷自己放羊、挖红薯野菜，后来捡垃圾、抓蝎子卖钱，最困难的时候我们两天没有吃过饭，爷爷还笑着和我说，你看，生活其实是很艰辛的，可是我们还要努力啊……

泽秋说着，我的眼泪跟着不停地往下掉。

第二年春天，泽秋带着雨霏回老家给爷爷扫墓，在朋友圈里发了几张照片，可以看到那里山路崎岖，全是碎石，感觉一不小心就会摔上一跤。

过了一会儿，泽秋又发了一段文字：

爷爷入土的那天，山上开满了杜鹃花。每年清明我来扫墓的时候，上山的小路都十分闭塞，长满野草。走到爷爷的墓碑前，好像就能听到他笑着跟我说，瞧，这就是生命的力量。

深夜餐厅

—

星空那么大，深夜那么长，孤单那么辗转，
这世界肯定不止你一个人没有睡觉。

1.

有段时间住在城市的郊区，整天窝在房间写稿子，一天一顿饭，大多时候是泡面，偶尔吃不下去才出门觅食，睡眠也没有规律，浑浑噩噩，常常无法分清梦里和现实。

有天半夜一点多，大概是稿子写到动情处，胃口大开，简直饿得要死。翻遍了冰箱也没有找到一点吃的，最后只在房间角落找到一包香烟，是半个月前朋友来家里落下的。

我是不抽烟的，为了缓解饥饿，我一咬牙叼上一根，不点火，就为嘴里有点东西，实在不行舔一下烟屁股也好啊！坐回电脑前继续写稿，结果五分钟后我几乎把整根烟吃进去了。我一边哭着往外吐烟丝一边穿衣服，打算去外面碰碰运气，看看有没有通宵营业的小餐馆。

半夜一点多，街上偶尔传来远处汽车发动机的声音，接着又很快安静下来，路边稀稀疏疏几盏路灯，暗淡昏黄，不时闪过流浪猫流浪狗逃窜的影子。

一个人往前走，直到走到郊区边上，才看见一家亮着灯的店面。推门进去，装修类似于日式风格，桌子、装饰都是木头的，还有一个弧形的吧台，坐着五六个客人。老板是个中年男人，挺帅的，笑着招呼我坐下，问，吃点什么？

我说，都可以，快一点就好了。

老板笑着说好，然后转身走进后厨，十分钟后端上来一碗面，热气腾腾，上面撒着青菜和胡萝卜，还有两片牛肉。夹一筷了进嘴里，感觉汤汁瞬间渗透细胞壁融入口腔，连味道都自带特效。

我又连吃几口，老板在一旁安静地擦着杯子。我有点好奇，问，老板，为什么这么晚还不打烊？

老板手上没有停，只是抬起眼皮看了我一眼，笑着说，自己在家也睡不着，干脆就在店里耗着。

我接着问，那，每天半夜都会有顾客吗？

老板点点头，说，有，人们总是有各种各样的情况，生活也总有你想不到的样子。

我笑了笑，夹起一大口面吃了下去，心想，也对，星空那么大，深夜那么长，孤单那么辗转，这世界肯定不止你一个人没有睡觉。

2.

后来每天写稿到深夜，饿了都会再来这家小店，站在街角望过去，整条街唯一亮着灯光的店面。一年四季，阴晴雨雪，都可以看见发黄的灯光从小窗户射出街道，这对于深夜路过的人，总是一种寂静的安慰。

来的次数多了，见的人就多了，老板也慢慢熟识。从这里走出去的人没有一个不夸老板的手艺精湛，有次我好奇地问，一个人做饭再好吃，也不能同时满足所有人的口味吧？你是不是在里面放什么东西了？

老板笑着说，对啊。

我大惊，问，放的什么？

老板说，时间。

老板见我一脸茫然，继续笑着说，店开久了，什么样的人都见过，有人冒着大雪走进店门，饥寒交迫，连说话都透着冷气，那锅里一定要多放几只辣椒，客人一口吃进去，麻辣滚烫，整个人都振作了；有人失恋，没地方哭，一个人跑来吃饭，那汤汁一定要熬得够浓，最好让人感觉到那股淡淡的咸味，如果客人把食物放进嘴里那一刻能流下眼泪，那么他同时也就被治愈了。

我听完愣了几分钟，然后呆呆地问，那我呢？你对我是怎么做到？

此时正好有客人开门进来，老板只是笑笑，没回答我，转身去招呼客人了。

为什么不回答我呢？

赶路的人，失恋的人，绝望的人，蹲在街角抽烟的人，在公交上红了眼眶的人，站在天台上犹犹豫豫的人，好像没有一个是我，又好像哪个都是我。

看不清，低头在浓雾弥漫的城市潜行，没有四季，时针停顿，水杯滑落在地板，一张张没有表情的面孔，一个个慌张犹豫的脚印，我们像黄昏后芦苇的沉默，除了蜡笔的痕迹，什么都不剩。

其实，每个人的心里都有病。

其实，谁都抵不过生活给你的温柔一枪。

3.

有天晚上，我正在店里吃东西，走进来一个女生，看样子像是大学生，穿着很简朴，甚至可以说有些破旧，手上拎着半把香蕉和几个苹果。

女生一进屋，老板就笑着打招呼，你来了。

女生红着脸点点头，然后窘迫地说，我要一碗汤面，要半两面。

老板笑着说好，然后转身去下面，女生就坐到旁边的小桌子上。过了一会儿老板把面端上来，怎么看也和平常的分量差不多。女生说了声谢谢，然后抱起碗大口地吃，最后连面汤也喝得精光。

老板笑着问，还要不要吃些什么？

女生站起来说，不用啦。接着从口袋里掏出几张皱皱巴巴的纸币递给老板。老板笑着收下，女生又鞠躬说了声谢谢，然后拿起半把香蕉和几个苹果离开了。

等女生走了，我好奇地问老板，半两面是什么面？

老板抬了下眉毛说，半两面和你吃的是一样的，就是面只要半两，比正常的量少一些，价钱也就便宜一些。

我说，可我看她的也没有少吧？

老板笑了笑，沉默了下说，那个女生是个大学生，前几天来过店里一次。

我放下筷子，听老板继续说，那女孩家里有兄弟姐妹五个，她是老三，家里比较困难，一年的学费和生活费加起来两万多，都要靠自己挣。她本来给附近的一家小店送餐，结果前几天送餐时骑着电动车把一个妇女的腿撞折了，店里不管，她一下子也拿不出钱来。

我说，这……

老板接着说，女生挺善良的，也没有跑，虽然一时没有钱赔给人家，但这应该是要去医院照顾一下伤者吧。

我听了说不出话来，想起刚才女生拎着半把香蕉和几个小苹果，就算拿不出钱买更多东西，也要去看望一下伤者。

而这些老板都知道，所以尽管女生要了半两面，老板还是按照正常的分量做给女生。

我和老板说，你说，受伤的那家了解到女生的情况后，会不会就算了？

老板笑着擦杯子，“嗯”了一声，说，希望吧，或许善良的人，就会收获更多的善良。

听完我端着食物挪到门边，头靠在窗户上，夜渗透玻璃，店里开着暖风，表情冰凉。

世事平庸，一切都是本来的样子，发生过，无须雕琢，无须立地成佛，从此在走过的道路上对自己说，啊，原来本就是这个样子。

4.

再一次见到女生，是一周后，她拎着一箱牛奶和几兜营养品，推门进来对老板说，老板，我要一碗汤面，要半两面。

老板笑着说好，然后转身去下面，女生依旧坐在旁边的小桌子上。过了一会儿老板把面端到女生面前，笑着问，最近怎么样？

女生也笑笑说，还好吧，工作辞了，就是一直在医院。

老板问，医院那儿处理清了吗？

女生点点头，说，嗯，女人住院一周后她的弟弟来了，让赔两万块钱，亲戚帮我凑了凑，加上自己攒了一些，总算凑够了。

我在一旁没忍住，问，既然都赔给钱了，你还去医院干吗？

女生抬起头，眼睛放着光说，没关系啊，他弟弟拿了钱就走了，没人管她，我照顾一下也是应该的。

我和老板一时都不知道说什么，女生低头吃了口面，然后笑着对老板说，您做的面还真是好吃呢，不知道以后还能不能吃到。

老板说，随时欢迎你来。

女生沉默了下说，可能没机会了。

老板问，怎么？

女生说，等把她照顾到出院，我就要回家了，前几天已经办完了退学手续，我家里离这里好远。

我吃惊地放下手里的筷子，犹豫了下说，对一些家庭比较困难的学生，学校应该有政策帮助吧？有没有找学校的老师？

女生笑笑说，没关系，家里也挺忙的，我回去正好能帮点忙，挺好的。

女生说完，低头吃了一大口面，笑容也不见了。老板站在一旁，什么话也没有，叹了口气，又拿起杯子擦起来。

一碗汤面，离家的人在困顿时，最能让他温暖振作的，就是吃一碗像妈妈做的汤面吧。

女生吃完，擦擦嘴站起来说，老板，结账啦。

老板笑着说，以后你都没机会吃了，这最后一次，我请你吧。

女生也笑笑，犹豫了下说，那好吧，谢谢老板，您真是个好人。老板笑着不说话，女生推门走出去的时候，夜更深了。

这个城市的夜晚，总笼罩着无边无际的寂静 ，看着窗外偶尔会想起来，我和我想要的，永远都是一步之遥，路灯时明时暗，最后，所有的心事，也都会随着黑暗过去吧。

5.

青团，也叫艾团，是清明时节江南一带习惯吃的食物，是用一种名叫“浆麦草”的野生植物捣烂后挤压出汁，同晾干后的水磨糯米粉糅合制作而成，里面多有豆沙馅或芝麻馅。

第一次知道它，是因为一个南方的朋友，还是在那家小店里。

清明前后，天就木木的，不下雨也不说话。我在店里吃夜宵，走进来一个拿着文件包的男人，腼腆地问老板，有青团吗?

老板看了看男人，慢慢地说，没有现成的，如果你想吃，我可以给你做，不过就是要多等一点时间。

男人听了马上面露喜色，高兴地说，好，没关系，就麻烦您了!

老板笑着说稍等，转身走进后厨。

男人看了我一下，冲我微微一笑，然后坐在了离我不远的位置。因为本身我就对吃的感兴趣，加上无聊，我开始和他聊起来。我说，这么晚来吃饭，加班？

男人点点头，笑着说，是啊，公司来了新任务，一直忙到很晚。

我看男人和善，很好说话，就接着问，其实我挺好奇的，你点的青团是什么？

男人听了先是一愣，然后大笑着坐到我旁边说，青团啊，是我家乡那里的一种食物，习俗是在清明前后吃，自从来了北方就很少吃到了，今天运气不错，没想到这里的老板会做呢。

我说，哦，是这样啊。

我和他有一句没一句地聊，知道他是南方人，很年轻的时候就一个人远离家乡来到这里，已经很多年了，没什么好朋友，和大多数上班族一样辛苦。

说话间，老板已经把青团端了过来，顾名思义，是绿色的，小笼包大小，看起来很柔软。

男人笑着说了声谢谢，然后夹起一个放进嘴里，认真地咀嚼了两口后，眼睛突然放光，连声说，好吃的！老板，好吃的！

老板笑着说，我也不是南方人，做不出当地的味道，你不嫌弃就好。

男人一边吃一边和我说，你也尝一个吧，很好吃的。

我没忍住，夹了一个放进嘴里，口感和年糕差不多，里面有豆沙馅，又像北方的麻团，不过舌头给出的评价是好评，至少在甜食中的地位一定是顶尖的。

老板站在一边问，来到这么远的地方工作、生活，挺不容易吧？

男人叹了口气，努力地挤出了一点笑容，说，就是日复一日地工作，被领导骂，被客户为难，不过还是要努力，毕竟把钱挣到手是首要目标。

老板笑笑，男人接着说，其实不怕你们笑我矫情，有时候还会感觉挺孤单的，每天晚上自己回到家，也特别希望家里是可以亮着灯，有人在等你的那种感觉，可是没有。每个月都比较期待着房东来收租，因为这还能让我觉得，这世上还是有人知道我的存在的。

男人说完，不自然地笑了笑，老板看着他站了会儿，转身又去了后厨。

我和男人又随便聊了几句，等我吃得差不多了，男人也准备离开，老板从后厨端着一碗汤走出来，说，喝碗汤再走吧。

男人好奇地接过老板手里的碗，先是一愣，然后眼睛突然就红了。老板说，喝吧，我多放了一些老姜。

男人看了老板一眼，然后仰起头两口就喝光碗里的汤。他大概看出了我的好奇，说，南方人来到北方，都要跨过几条大河大江，人们都说北方寒冷，临行前亲人习惯熬一碗姜汤送行，暖手不被冻僵。

“黄莺乱啼门外柳，雨细清明后。能消几日春，又是相思瘦。梨花小窗人病酒。”

一水东流，而你站在江上，风只是忽然有点大，眼前水汽氤氲，从此我看得见你，却不知道你在哪里。

6.

后来，我有将近一个月的时间没有见过这个男人。有天晚上我本来只是路过小店，看见男人正坐在里面吃东西，也就走了进来。

男人看见我，笑着说，你也来了。

我点点头，说，好久没见你。

男人嘿嘿一笑说，公司出差，刚从上海回来。

老板从后厨走出来，看见我，笑着说，坐啊，就算不想吃东西也坐一会儿吧。我说好，然后从门口往里走，结果不小心衣角钩到门口的福字，直接把福字扯到了地上。

我感觉这是个不吉利的事情，赶紧向老板道歉。老板一挥手说，哎，这有什么，扔一边就行了。

我犹豫着把福字放到旁边，老板说，年早过完了，一直想摘，忙起来就忘了。他突然叹了口气，说，也不知道现在的年还有什么劲，人们还一年年地过。

我说，是啊，一点都没了小时候的年味儿。

旁边的一位客人听完搭腔说，我也不知道新的一年意味着什么，不过去年终于把车贷还清了，房贷还差四十三万七，丈母娘心脏不好，住了好几个月的院，今年孩子得上幼儿园了，我弟结婚也等着找我要钱，每月工资涨了不到四百，加班没钱我也抢着干，家里老婆孩子还等着开饭。

客人说着叹了口气，说，你们说这日子什么时候算个完啊。

老板只是笑笑，男人喝了一小杯水，然后说，我小时候在南方，一过年热闹极了，吃团子，放“开门炮”，烧野火，曾经把整条河都烧了，特别壮观。然后就和小伙伴们一起疯玩，青石板上传荡的都是欢声笑语。

旁边的客人听得有趣，都一个个端着吃的坐过来一起聊，童年的印象，就在灯光映衬下的几壶酒和几盘小菜中升腾起来。

男人喝了几杯酒后说，真想回去啊！

聊着聊着男人接了一个电话，大概是打错了，随便说了几句对方就要挂了，男人呆呆地看了电话几秒，然后说了句，不知道你是什么原因找到我，但是谢谢你。

聊到深夜，酒菜见底，人们说着明天还要上班，一个接一个地离开，全是不舍的样子，像是醒了一个未完成的美梦。

再坐一小会儿吧。

曾经的小伙伴各自走远，梦想不知所终，地铁上永远一个人低着头，在路灯下突然红了眼眶，路上无数匆忙赶路的脚印，其中有你一双。

这不是你梦寐以求的长大吗，为什么愁眉苦脸的呢？

7.

处暑结束后，秋天就不远了。

那天店里来了个奇怪的男人，四十多岁的样子，拿着一个很多年前的老式手机，身体很多地方都被文身覆盖，右脸还有一道长长的伤疤，来到店里后只要酒，其余什么东西都不吃。

旁边的客人看到后都尽可能地离他远一点坐，只是老板依旧笑着招呼他。

文身男应该是已经喝了很多酒了，依旧喊老板上酒。老板走到他旁边笑着说，不好意思，我们这里的规定，在深夜上酒不能超过三壶。

文身男问，为什么？

老板依旧微笑着说，就是规定，也没有什么特殊原因。

文身男听完愤愤地就走了，等他走出门后，有经常来这里的熟客和老板说，下次就给他好了，这种人不要惹，全是麻烦。

老板笑呵呵地说，他是哪种人？对我来说都是客人。老板说完，客人们都纷纷摇头叹息。

有天下午，文身男又来店里喝酒，这次还点了一碗手擀面，边吃边喝。突然外面传来“哇”的哭声，我扭头一看，是个四五岁的小孩摔倒了，哭声很大，所有人都在探着头看。

文身男看见后赶紧跑出去把小孩抱起来，一边哄他一边擦擦小孩的眼泪，好一会儿小孩的妈妈才拎着菜篮跑过来，一把把小孩从文身男的手里抢过来，然后斜着眼看了一眼文身男，什么都没说就拉着小孩走了，一边走一边大声骂小孩，死孩子怎么这么不听话，不让你乱跑就是不听！

文身男站起来看着两人走远，才又慢慢走回来坐下继续吃饭。过会儿老板拿过来一壶酒说，上次你要的，现在不是深夜，没有三壶的限制。

文身男愣了下，说了句谢谢。老板笑笑，转身往回走，走了几步突然又转回头说，我泡茶的技术也不错，你要不要试一试？

文身男人又愣了一下，说，下次，下次。

老板笑着说，那好，那就下次。

后来我才听说，文身男是刚从监狱里出来，具体是什么原因被关起来大家也说不清楚，只是听说是被人栽赃，替人蹲了好几年的监狱，而且出来后因为有前科，没有任何用工单位愿意用他，男人就经常来这里喝酒。

我听完心里开始隐隐泛酸，但对他完全改观是那天我去店里吃东西，正好看到文身男浑身是伤地坐在里面，我吃惊地小声问老板，这是怎么了？

老板说，昨天晚上几个小混混在外面吃了老大爷的麻辣烫不给钱，还要闹事，他出去理论，几个小混混就动手打人，他也不还手，全程就护着老大爷，这不就成这样了。

老板说完叹了口气，长长的。

老板给他上了一壶茶，说，身体有伤就不要喝酒了，我泡的茶也不错，上次说好的，你尝尝。

文身男抬头看了看老板，略带不好意思地说，哦，好的，我尝尝。

文身男喝下去，眉头轻轻一皱，过会儿又慢慢舒展开，像是清风掠过，不着一丝痕迹。

8.

渐渐地人们开始不再疏远文身男，有时候还和他聊上两句。有天晚上，文身男兴奋地冲进来要了份炒饭，而且很明显身上的文身洗掉了不少。

老板把炒饭端上来，笑着问，今天很高兴啊？

男人边吃边说，是啊，今天我找到工作了，明天就可以正式上班了。

老板听完说，哟，这算大喜事啊，今天喝什么，我请。

男人笑着说，就来杯水好了，我还要回去准备准备明天工作需要的东西。

老板哈哈一笑说，好。然后递给男人一杯水。男人几口吃完了面前的炒饭，拿起水杯看了一会儿，一大口就喝了下去，临走时还不忘一直对老板说谢谢。

等男人走了后，老板小声地说，真好。

我问，什么真好？

老板犹豫了会儿，微笑着和我说，你听没听说过孟婆？

我说，当然了。

老板说，传说人们在转世轮回的时候，在奈何桥上要找孟婆喝孟婆汤的。

我不明所以，问，对啊，但有什么关系吗？

老板继续说，传说孟婆汤分六口，一口出世甜，二口叛逆辣，三口珍惜酸，四口情责苦，五口身心麻，最后一口却为白水，淡了口中味，忘了前尘事，泯了爱恩仇，舒了川字眉。

老板说，白水结局，虽然不是转世，但也算是一种新的开始吧。

是啊，一杯白水，平淡无味，却能淡了口中所有的味道，真好。

那，我们就要重新开始喽。

9.

有段时间住在城市的郊区，整天窝在房间写稿子，一天一顿饭，大多时候是泡面，偶尔吃不下去才出门觅食，睡眠也没有规律，浑浑噩噩，常常无法分清梦里和现实。

后来搬了很多次家，有天终于发现，原来全世界的夜，都是一样的，暗淡的街道，昏黄的路灯，时间就慢慢地走，像是遥遥无期，一直看不到尽头。

如果有一家小店的灯光可以折射到脚边，总算是一种无声的安慰。每个人路过这里，带着各自的心情，灯光努力打亮脸庞，和这桌食物一起，往事、情绪悄悄绽放。

什么都过去了，只有人还在夜里。

什么都会过去，没人知道那家小店为什么深夜总会亮着光，还有一个爱笑的老板，但他们会一直在这里，哪儿都不会去。

再坐一会儿吧。

你说什么？天就要亮了吗？真好，那么晚安，下一个人已经在赶来了。

姐姐涟漪

—

你的名字是妈妈给起的。
有人说涟漪转瞬即逝，并不长久，可我觉得在这世间上，哪有那么多刻骨铭心？我只希望你轻轻浅浅地活着，欢喜也如涟漪，烦恼也如涟漪，轻轻一碰就散了。看开无常，感恩所得，不执念，也就无苦恼。

1.

在很久以前，没有电脑，也没有智能手机，小孩们的娱乐都是在室外，一头扎进田野里，河流、空气都是甜的。

因为小时候不喜欢和女生玩，嫌她们穿裙子，跑得慢还怕脏，所以别说青梅竹马了，连小女孩都不认识几个，涟漪是其中一个。

那时候邻里之间很熟悉，小孩经常串着家地蹭饭，大街上放的歌还都是张雨生和周华健，村口的墙上用白色的油漆刷着“生男生女都一样”。

印象中涟漪总是一个人，穿着一件破旧的T恤，经常低着头，不和别人接触，也不爱说话。

不知道是不是因为这样的性格，她总是被外人当成怪人，我清楚记得一个女人和她的孩子说，孩子，记得离她远一点，这个人有问题。

小孩天真地说，可是，妈妈，我觉得她应该只是很难过。

女人不耐烦地说，你知道个屁。然后拽着小孩走了。

后来我才知道，涟漪爸爸经常喝酒，喝醉了回家就打她，用手，用凳子，把她摔到地上，用手边一切能用的，所以涟漪身上经常有很多伤。而且每次涟漪挨打的时候，她的奶奶就站在一旁看着，不阻拦也不说话，只是长长地叹口气说，造孽啊！

朋友神秘地和我说，你知道为什么她爸爸总打她吗？

我摇摇头，朋友说，她出生的时候她妈妈死掉了，她爸说都怨她，是她害死的妈妈。

我吃惊地问，你怎么知道的？

朋友说，我妈和我说的啊，我妈还说，小姑娘命太苦，要是个男生就好了，至少老人不会看着她挨打无动于衷。

我又一惊，问，为什么？不是说生男生女都一样吗？

朋友问，谁和你说生男生女都一样的？

我说，外面墙上刷着呢啊。

朋友想了想说，那我也不知道了，反正我妈说多亏我是个男生，不然她现在的日子肯定没有这么好过。

后来我才知道，在那个时候，在黄土朝天的乡下，墙上的白字就像雨后的露水一样无力。

2.

我们上小学的时候，涟漪的父亲又娶回一个女人，女人带着一个小涟漪两岁的男孩。婚后涟漪父亲喝酒的频次开始减少，涟漪挨打的次数也就随之变少，小伙伴们都是开心的。

有次父亲和后妈带着弟弟出去玩，留下涟漪和奶奶在家。奶奶让涟漪做午饭，因为她个子还小，炉火又很高，涟漪不小心把热油洒到了腿上，瞬间起满了水泡。

涟漪大哭，她奶奶听见哭声跑来，看见涟漪被烫到，说，快去水管那儿冲冲啊。

涟漪咬着嘴唇跑去找水管，还尽量压低了哭声。涟漪奶奶一边收拾烂摊子一边说，生个女娃，还什么都干不了，有什么用？造孽啊！

朋友听见了，在一旁小声说，这老不死的！

我拍了他一下，然后追到涟漪后面说，光拿凉水冲不行的，还是去看医生吧。

涟漪含着眼泪摇摇头。

朋友也追过来，愤愤地说，这样是不是太过分了！

涟漪还是摇头，咬着嘴唇说，不怪他们的，都怪我。

朋友生气地说，你有什么错！

涟漪双手不停地缠着衣角，委屈地说，都是我害死了妈妈，家里人讨厌我是应该的，就连妈妈也该是讨厌我的吧。

我说，不会的，你别瞎想。

涟漪红着眼说，会的，爸爸说妈妈走的时候眼睛都没有闭上，所以会的，肯定会的。

涟漪说着大哭起来，不知道是不是疼的，一直哭了一个多小时。

我们不知道说什么，就在原地站了一个多小时。

记忆里的童年啊，是裙摆，是脚踝，是智齿，是六月潮湿的雨。可总有一个黄昏，阳光努力地透过云层，打亮雨后摇曳的花瓣，打亮她湿漉漉的脸庞。

3.

后来升初中，第二年我就听说了涟漪退学的消息。涟漪奶奶说，女娃读那么多书没用，有这时间还不如帮家里挣点钱。

涟漪的爸爸想了下同意了，帮她在县城找了个服装加工厂，老板嫌她太小不敢用，她爸爸就跟老板说好话，最后答应只给一半的工资就可以。

老板心肠还不错，知道就算这里不收她，她还是会被送到别的地方。老板从来不会让她加班，所以她到家的时间比弟弟放学的时间晚不了多少。经常是涟漪进门的时候看见奶奶抱着一个铁盒子给弟弟拿各种好吃的，看见她回来，赶紧把盒子收起来，然后哄着弟弟去做作业。涟漪会先把今天的工资交到爸爸的手里，接着转身去准备晚饭。

有次涟漪回家后父亲不在，她就把工资随手放在了桌子上，等涟漪父亲回来后发现钱不见了，涟漪连解释都不敢，就被父亲一顿打。

当天我们在街上遇到，涟漪脸上紫了一大块，看见我们后还没等我们说话，涟漪就赶紧低下头从旁边走过去了。

路人看见了气得攥着拳头说，什么玩意儿！借着爱妻子的名义打孩子，要是真的爱，还他妈娶什么别人！

几天后，涟漪在回家的路上看见弟弟被几个高年级的男生围着打，涟漪扔下手里的东西就冲上去护住了弟弟。几个人看见涟漪，笑着说，原来你是他姐姐啊，在家没被打够，还要出来挨打吗？

涟漪咬着嘴不说话，在几个男生的话语中才知道，他们向涟漪弟弟收“保护费”，而弟弟给的不够，前几天涟漪放在桌子上的钱也是他拿走的。

当天回家，涟漪家里人看见弟弟被打，气得跳起来要找到几个男生家里去。所有人都心疼地安抚着弟弟，没人注意到默默去做饭的涟漪，因为护住了弟弟，大多拳脚都落在了她的身上。

后来聊到这件事，我问涟漪，为什么家里人这个样子，你还要去管他呢？

涟漪愣了一会儿，认真地说，因为，他叫我姐姐。

4.

十六岁那年，涟漪偷偷养了一只小野狗，叫它糖豆。每次涟漪给糖豆送吃的，糖豆都会跳起来舔舔涟漪的脸。

涟漪除了上班挣钱、伺候一家人，大多时间都是和糖豆在一起。涟漪经常会对它说，你是这世上唯一喜欢我的吧？

后来相处时间长了，每天到涟漪回家的时间，糖豆就早早地站在路旁的草丛里等着，看到涟漪后才会摇着尾巴跑出来。

有次突然下雨，那时候的雨来得都很急，还常常伴随着很响的雷声。涟漪想到糖豆还自己在外面，就冒着雨跑出去找它，找到它的时候糖豆正躲在草丛里瑟瑟发抖，嘴里还不停呜呜地叫着。

糖豆看见涟漪立刻跑了出来，涟漪不敢把它带回家，就抱着它在外面放煤的小棚子下过了一整夜。

大雨滂沱中的夜，几盏灯火，倒映着的水光，老楼旧砖，很多情绪，就自以为是地解开了。

那阵子大概是涟漪笑得最多的日子，她总对糖豆说，遇见你真好。

原来，只要有想遇见的人，就不会孤单。

5.

涟漪彻底离开家是在十九岁的时候，她的爸爸和后妈找到她，那是她爸爸第一次好声好气地找她谈话。

涟漪爸爸说，你弟弟再过两年也就到了娶媳妇的时候了，你看咱们家就这么大点的地方，到时候肯定没地方住，而且你也到了这个年纪，也该考虑一下嫁人的事情了。

涟漪明白家里人是要她给弟弟腾地方，只犹豫了一小会儿就说，我明白，我不想嫁人，但我会去城里工作，很快的。

家里人听她这么说，也就没再说什么。涟漪没什么舍不得的，没有亲人和朋友，甚至她觉得连妈妈都是讨厌她的，在她心里放不下的也只有糖豆了。

她把糖豆抱到曾经工作的厂子里，又把自己偷偷攒的钱全部交给老板，说，我想麻烦您收留它，只要让它有个待的地方就好了，不用被雨淋，不用被车追着跑。

老板把钱塞回涟漪的手里说，不用了，正好让它在厂子里看个门吧。

临走前和家人吃最后一顿饭，涟漪碗里莫名多了半颗鸡蛋，她抬头看了看弟弟，然后偷偷夹到了他的碗里。

在我的印象里，总有一个弱弱小小的姑娘，我问她，为什么家里人这个样子，你还要去管他呢？

女生愣了一会儿，认真地说，因为，他叫我姐姐。

6.

涟漪之后在北京工作了四年，期间没有回过家，家里人也从不给她打电话，唯一一次是弟弟结婚，家里钱不够，涟漪把手上四万多块钱全都寄回去了。

2016年我俩在北京的一个小餐厅见面，没了身上的伤痕，加上略微成熟的衣服，我惊奇地发现涟漪竟然还是个很美的姑娘。

我问，最近怎么样？

涟漪轻轻一笑说，还好吧。

后来聊到家里的情况，涟漪说，听说爸爸和弟弟他们搬到县城去住了，只有奶奶自己在老家，生病了也没人管。

我“哦”了一声，过了一会儿才小心翼翼地说，她以前确实有点太过分了。

涟漪仰起头，努力地笑着说，不怪她啊，家里变成这个样子，其实都怪我，所以我想回去看看她。

我听了心里隐隐作痛，走出餐厅的时候，整个世界陷入暗夜。

涟漪回去的时候，奶奶自己躺在床上，衣服也破烂不堪，看到她回来，眼泪开始止不住地往下流。

在乡下种菜看月亮，那儿的天很蓝，水很清，老猫蹲在椅边，桐花落满屋顶，我们跳过水坑，绕过山林，像从前一样。

那几天涟漪帮奶奶拾掇屋子，还给奶奶买了新衣服。两人话不多，时间就安静地流过。她临走的前一天晚上，奶奶哭着不停地说对不起。

奶奶说，小时候爸爸怪你，说的很多话都是气话，其实你的名字就是你妈给起的，她还给你留了很多东西，在老房子里，这么久肯定都找不到了。

涟漪呆呆地听着，坐在屋子里愣了好久，然后跑到老房子里。她翻了好几个小时，手都被划破了，最后找到一个小盒子，里面是妈妈留给她的一封信和一个手镯。

信上写着：

我的女儿，欢迎你来到这个娑婆世界，在这里你一定会吃很多苦吧。

看完第一句，涟漪已经泣不成声。

你的名字是妈妈给起的。有人说涟漪转瞬即逝，并不长久，可我觉得在这世间上，哪有那么多刻骨铭心？我只希望你轻轻浅浅地活着，欢喜也如涟漪，烦恼也如涟漪，轻轻一碰就散了。看开无常，感恩所得，不执念，也就无苦恼。

手镯是姥姥给妈妈的，妈妈留给你。你要记得，无论你经

历多少艰难，妈妈永远爱你。

记得很多年前，一个弱小的姑娘站在树下哭着说，妈妈也一定很讨厌我吧。

可信上写着，妈妈永远爱你。

7.

以后涟漪的手上永远都会戴着一个手镯。

来到这个娑婆世界，你一定会吃很多苦吧。

难过的时候天空总会下雨，人们拒绝了这种悲哀，便向天空举起了彩色的盾牌。

清明时候涟漪去给妈妈上坟，那是她第一次去，以前从来都不敢。天空淅淅沥沥飘起了小雨，涟漪撑着伞，雨水顺着伞滴到水洼里，泛起一层层涟漪。

最后一颗鱼丸

—

跟我走吧，忐忑给你，情书给你，不眠的夜给你，六月的清晨给你，雪糕的第一口给你，最后一颗鱼丸给你，手给你，怀抱给你，车票给你，跋涉给你，存折给你，钥匙给你，家给你，一腔孤勇和余生几十年，全都给你。

1.

我大学毕业刚到北京的时候，没有工作，看着银行卡里可怜的数字，要毁灭世界的想法每天都有。在我最困难的时候，我的朋友昭昭曾让我蹭吃蹭喝一个月。当时我感激涕零，表示说，我不白吃，我做你助理，做饭暖床什么的，你随便说。

昭昭是我大学认识的一个朋友，比我大三岁，哈尔滨人。听朋友说，在她上大一的时候，全家搬到了浙江。后来她大学毕业，来到北京，自己开了个编剧工作室，几个人专门外接影视公司的活儿。

有天晚上我拎着饭去她的工作室，她正坐着写剧本，我把吃的放在桌子上说，来吃点东西吧，卤煮、肘子，什么都有。

她白了我一眼说，滚，我要吃素。

其实她不是真的要吃素，就是什么都要杠上两句。周末我们约老朋友一起吃饭，路过一个小公园，里面坐着一群大爷大妈在帮自己的孩子相亲。昭昭好奇，用她那微胖的身躯左一挤右一拱，直接就挤进人堆里。我在后面扒拉了半天，挤得早饭都要吐出来了才挤进半个身子去。昭昭白了我一眼，用手拽住我的肩膀一把把我拉进人群。

那一瞬间我如被雷劈，差点跳起来，脑子里不停在喊，疼疼疼……这是被碾压的感觉……疼啊……嘎巴一声是怎么回事？我的骨头碎了吗？疼死了……这样的女人伤不起啊！

当我从疼痛中反应过来，发现昭昭正盯着地上的牌子一个一个地看，我顺着看过去，上面大字写着各种硬性条件——户口、车、房、身高、属相，等等。

我偷偷瞄了昭昭一眼，隐隐约约感觉到气氛不对，想赶紧捂上她的嘴，可是已经来不及了。昭昭看着成群的大爷大妈，没好气地说，哟，大爷大妈卖白菜呢？

一句话惊得我老血都要吐出来了，众大爷大妈先是集体愣了五秒，趁着这五秒，我用出了二十多年来最大的力气把昭昭拽出人群，然后听见后面一片嘈杂——你这丫头怎么说话的啊！

跑到没有人的地方后我生气地说，下次作死能不能别带上我？你也这么大的人了，说话就这么没遮没拦的？你也不能因为自己的特例就去否定别人的想法吧？

昭昭委屈得没说话。

2.

昭昭的相亲，我曾见过一次，是约在朋友开的小茶厅里。

对方是个计算机行业的男生，平头，黑框眼镜，不算帅，但很干净。昭昭笑着和他握手，男方微微一笑表示稍等，然后缓缓掏出了几页纸。昭昭愣了两秒，看了看他，用手接过来，尴尬地笑了笑。

一份精美的简历。

昭昭说，这……您是专业的吧？

男生礼貌地说，你没带也没关系，你的一些情况我之前也有些了解了，我再简单地问你一些问题吧。

昭昭呆呆地点点头，男生问，你现在的收入情况怎么样？平时喜欢做什么呢？对老人能不能很孝顺？是更注重工作还是更注重家庭呢？近几年准备生小孩吗？

昭昭憋了十秒钟，然后说了句，哈？

男生说，你没有听清楚吗？要不要我再和你说一下？

昭昭赶紧抬起手说，不用了，我就是想去个厕所。昭昭起身离开座椅，直奔餐厅大门，再也没有出现。

我和朋友笑喷。

后来昭昭发誓，此生我要是再相亲，我胡字倒过来写！

我说，也没必要，你换个思路想一下，相亲和朋友介绍对象也没有什么本质上的区别吧，都是两个人见面聊一聊。

昭昭说，你懂什么，这有本质上的区别好吗，搞对象是搞对象，相亲是奔着结婚去的，目的性那么强烈，我受不了。

我说，你以前搞的对象，不也是奔着结婚去的吗？

昭昭沉默了一会儿，起身把我推出门外说，走走走，我要写剧本了。我慢慢走下楼，夜色已深。突然想起在很多年前也是相似的场景，一个姑娘一边哭一边从裕华路走到东三环校区，脚下踩着梧桐叶和自己的抽泣声，被无数匆忙的行人超过。

3.

昭昭上大学的时候，男朋友是学经济的，叫文博，两个人从高中一路考到大学来。当年冬天雪量极其丰富，隔个三五天就有一场大雪，地上的雪还没化干净，又被新的雪花覆盖。

学校附近有家荞子火锅，俩人总是冒着大雪去吃。学生时代囊中羞涩，偶尔吃一顿还好，经常去吃，那是正常人能做出来的事吗！

文博能干出来，他利用课余时间偷偷练就了一手手机贴膜的绝活，大二还没结束，生意就已经红红火火了。他对昭昭说，哈，现在我可以对你负责了。

昭昭白了他一眼说，屁，你这就想养我了啊？

文博装作委屈地说，不然你想怎样？

昭昭一抬手比出个数字七大喊，我要吃十顿火锅！

文博哭笑不得。

学生时代女生的日子也不好过，除了吃饭，隔三岔五的还要买个化妆品、添两件衣服什么的。加上昭昭吃货的本质，两个人一起吃火锅，昭昭总会抢最后一颗鱼丸吃，哪怕已经吃不动了也必须咽下去，回到宿舍躺下后都会发个朋友圈：我现在感觉有颗鱼丸就在咽喉处缓缓地旋转。

后来到了大三下半学期，俩人在学校外面租了房子，一个月一千二。搬家那天俩人还特意办了乔迁宴，邀请好朋友们一起去家里吃晚饭。房子不大，但布置得很温馨。我当时作为所有人里面岁数最小的，就只负责吃吃喝喝。

吃饭的时候文博显得很高兴，不停地给大家敬酒。他说，我和昭昭准备一起考公务员了，不同的职位，但都在大连，到时候我们攒一点钱，然后再向家里拿一点，去开个小店。

朋友说，你们两个都工作，谁来打理小店呢？

昭昭说，没关系的，我姐姐在那里，弹性工作，每天闲得不行，我都和她打好招呼了，她说等开了店，一定请她做店长。

当时他们所说的距离我还太遥远，我也插不上话，只记得所有人都在金黄的液体中放声大笑。一直到晚上十一点，大家喝多了，横七竖八地躺在各个地方，非常拥挤，连阳台上都没有立脚的地方了。

我起来上厕所，看见昭昭一个人在收拾房间。我说，我帮你吧。

昭昭挥挥手说，不用不用，你快休息吧。

我没有听她的，就在她后面帮着端端盘子什么的。在厨房的时候，昭昭突然低着头问我，你说，一切真的都能这么顺利吗？

我抬头看了看她，她的头发遮着脸，我看不到她的表情。

我想了想说，我也不知道，但是我听大家都说，恋爱和结婚是不一样的。

昭昭听完抬起头，说，可我就是想嫁给他啊，是他说的。

我问，他说什么了？

昭昭自己偷着笑了笑没说话，我感觉无趣，就自己走出了厨房，出门的时候不知道踩了谁的手，就听见“哎哟”一声，躺在地上的两个人互骂了几句，然后又都睡着了。

很久很久以后我才偶然看到文博给昭昭的情书，上面写着：

跟我走吧，忐忑给你，情书给你，不眠的夜给你，六月的清晨给你，雪糕的第一口给你，最后一颗鱼丸给你，手给你，怀抱给你，车票给你，跋涉给你，存折给你，钥匙给你，家给你，一腔孤勇和余生几十年，全都给你。

4.

毕业，有意思的是两个人都没有考上公务员，昭昭跑到北京工作，文博家里有点人脉，想托人找找关系介绍一个好点的工作。文博说，我想先回家待一段时间，等等家里的消息。

昭昭说，好，你去吧。

后来朋友聊天，聊到两个人的情况，朋友悄悄地和我说，文博说要等等家里人的消息，如果找到了就工作，找不到的话就去北京。

我不明白，说，这不是很正常吗？

朋友翻了个白眼说，你还是太年轻，这哪里正常了，你听不出来其中的先后顺序吗？

我摇摇头，朋友叹了口气说，昭昭在北京，而文博所说的如果家里找不到合适的工作就去北京，这潜台词就是如果家里的工作稳定了，就不去北京找昭昭了。如果目标很明确，那当然是去找她啊，还用家里人帮忙选择吗？

我沉默了会儿说，但是我能感觉出来文博是真的喜欢昭昭的。

朋友说，我知道他是真的喜欢，但是你要知道，在人有了选择的时候，一些东西的分量是会有增减的。

我想了半天，还是不明白地摇了摇头，朋友无奈。

文博家里人和他说，别出去了，早点结婚要个小孩，趁爸妈年轻还能帮你带一带。

文博小声说，可是我有女朋友。

家里人说，那不更好，让她来咱们这里吧，房子爸爸妈妈给你们买。

文博说，不是房子的问题。

家里人生气地说，那是什么问题？都到这个年纪了，能不能别这么幼稚！她要是真的喜欢你，怎么会不跟你来呢？

文博不知道说什么，就只好拖着。一个月后，他进了一个亲戚的公司做形式上的高管，每天也不忙。昭昭就不一样了，每天工作很累，下班后为了省点钱在菜市场和大妈费尽口舌。有次因为太累了，加上冬天感冒精神不好，昭昭不小心把一辆私家车划了长长的一道，为了赔偿费就站在雪地中和车主说了一个小时的好话，最后彻底病倒在床上。

房东阿姨熬了姜汤来看她，和蔼地说，一个姑娘也不容易，为什么不找个男朋友呢？

昭昭不说话，只是不停地掉眼泪。和文博打电话的时候昭昭也从来不提这些，只是不断地问，你说你娶我，是不是真的？

文博说，是真的，再等等。

咄咄逼问，往往来自弱势的一方。

问到最后，文博也不好意思回答了，只好漫无止境地沉默。

年底公司有活动，昭昭去不远处的厂房拿器材，因为厂房正好在园区的一个拐角处，一辆车开过来没看到，尽管车速已经很慢了，可还是撞倒了路过的昭昭，左腿小腿骨折。公司同事陪着去医院，昭昭这次没忍住给文博打电话，哭着说，你说娶我，是不是真的？

文博听见她哭，着急地问，你怎么了？你怎么了？

昭昭不说，就是哭着问，你说娶我，是不是真的？

文博不知道什么情况，只好联系昭昭在北京的朋友，听说昭昭被车撞了，满心的愤怒，一边打电话责怪她为什么不和自己说，一边买票来北京。

站票，六个多小时。文博到了北京，在医院看见昭昭左腿打着石膏，在男同事的搀扶下一瘸一拐地走路时，满心的愤怒变成了无尽的悲凉。文博转向奔到朋友那里，掏出来一张银行卡说，这里有五万块钱，你帮我交给昭昭。然后又买了张票回了老家，留下朋友一头雾水。

两人最后一次见面是在同学的婚礼上，此前他们已经很久没有联系过了。两个人参加完婚礼一起去吃饭，一家普通的小饭馆，整顿饭吃得压抑无比，就连旁边的人都能感觉到气氛的尴尬，恨不得一头扎进地里。

那天文博喝酒，昭昭也跟着喝酒，眼前的菜一口都没有动。文博沉默了好久，率先开口说，昭昭，我们分手吧。

昭昭两只眼睛看着他，努力笑着点点头，说，好啊。

好啊——多么完美的回答，越来越接近极限，尽全力做到最好。

然后两人又是一杯接着一杯，喝多了，聊起两人的相遇。昭昭说，你记不记得我们高中第一次和同学去游泳，当时大家都在水里玩，可我不会水，就在游泳圈里奋力地扑腾，泳帽都掉了，头发也乱了，我只好一直尴尬地笑。大家以为我在笑，其实我在掉眼泪，不过我知道你看得见。

文博听完红着眼点点头，昭昭不停地说，文博就认真地听，直到昭昭趴倒在桌子上，文博才慢慢地走到她的身边，摸了摸她的头发，用力地抱着她说，你深爱我们在一起的这七年，我也一样，你一定要让爱重新生长出来，就像当初遇见我一样。

夜深了，没有盛大的告别仪式，一脚迈出店门，跨过时间的门槛，大地苍茫，种植着日月星辰和一年四季。

5.

然后就是我毕业来北京投靠昭昭，和朋友在餐厅见证了昭昭奇葩的相亲。

后来昭昭又陆陆续续地见过几个男生，有天我们突然被告知她已经脱单了，对方是个小公司的执行。众人先是集体愣了几秒，然后一阵山呼海啸般地惊呼，强烈要求见面。昭昭就害羞地打发我们说，等有机会，等有机会……

那个男生我曾见过两次，一次是昭昭加班到很晚，男生开车过来接她；还有一次是我和昭昭在外面吃饭，太晚了打不到车。两次见他，男生都戴个眼镜，开着宝马，很有礼貌，也很干净。昭昭坐在车后面，头斜靠在车窗上，外面一片漆黑，衬着昭昭安静的脸庞，男生不断通过后车镜温柔地看看她，也不说话。车窗内的温柔和车轮下碾过的水迹，连同飞速后退的路灯一起，慢慢融进夜里。

有次吃饭的时候，昭昭说，一开始他来接我，我都没有坐他的车，可他天天来，有次下大雨，我又等不到公交，就上去了。

她说这些话的时候我正在啃一整块猪蹄，头都没抬地说，上去了就下不来了吧。

她低着头小声地说，我不知道，我不知道……

我说，我看那人也挺好，至少条件比文博好多了吧。

昭昭沉默了一会儿说，我总感觉，是他真正教会了我怎么去喜欢一个人，可我现在却只能用他给我的能力去爱另一个人，是不是很怪？

我不知道说什么。总有一些人突然闯入我们的生活，教会了我们温柔，教会了我们心疼人，让我们变成更受大家喜欢的样子，然后离开，连头都不回一下，有时候我们多么想大喊一声——你他妈的倒是等等我啊！

可是风太大，思念的声音就听不见，雨水会滑落下每一座屋檐，云朵要坠毁在每一个黄昏，每个人都要奔向终点，只是人潮拥挤，我们再也不会不期而遇。

前一阵收到他们两个人订婚的消息。听说两个人去吃火锅，昭昭争着抢着要吃最后一颗鱼丸，男生笑着又向服务员要了一盘，说，为什么要抢最后一颗，再要一盘不就好了吗？

昭昭沉默了几秒，瞬间泪如雨下。

很多年前，一个男生把最后一颗鱼丸故意让给女生，说，哈，我现在可以对你负责了。

很多年前，一个男生说，跟我走吧，最后一颗鱼丸和余生几十年，全都给你。

可怎么一眨眼，我们就过了饿肚子的年纪了呢。

男生看见昭昭哭，吓坏了，赶紧说，你别哭了，我们结婚好不好？以后你想吃的全都让给你吃。

昭昭流着眼泪慢慢地点头，一下，两下，三下……每一下，都伴随着一颗眼泪落在桌上。

男生牵着昭昭的手走出店面，忽然起风了，昭昭又掉了一滴泪，恰好一滴，落在心里泛起点点涟漪。她大概会用漫漫余生去守口如瓶，如果有人问起，她就说已忘记。

6.

有天写稿到很晚，饿得头晕目眩，家里什么东西都没有，跑到街上随便钻进一家麦当劳点了些吃的，抬头看见两个学生也正坐在靠窗的位置吃东西。我没在意，只是快速吃完手里的东西，然后转身走出店门，离开时透过玻璃看到两个人还是坐在那里。

男孩轻轻地把自己的汉堡推给面前的女生，倔强地说，我不饿。

不必追

—

水是缓的，云是慢的，人还没有注视就不见了。
记得你牵着我的小手时，以为一生不会有分离。

1.

我小时候贪玩，经常到处跑，出入各大游戏厅，交了很多小伙伴，包子和我一起摸爬滚打很多年。

大概是因为我俩智商相近，所以关系亲密。记得当时《数码宝贝》风靡一时，我俩也不例外地成了“数码迷”。每天看完动画片后，就一起跑出来堵着门卫大爷家的狗，逼它进化。

包子往往都是大喊一声，亚古兽进化！暴龙兽！然后只见狗脸一惊，原地呆住三秒，接着连连后退几步，一屁股坐在地上。

如果狗能说话，我想从它嘴里出来的一定是——妈的智障！

因为关系近，我经常在包子家蹭饭，尤其是夏天。当时冰箱并不普及，包子妈妈见我们回来，就赶紧从水池里捞出一盆凉粉，笑着说，快来吃，一直泡着呢，水里凉。

我们大口喝着凉粉，酸酸凉凉的。包子妈妈接着又把一个西瓜放进水池拿凉水冲，说，等会儿咱们先吃饭，吃完饭西瓜也就凉了，这西瓜肯定甜，沙瓤的，我买的时候都尝了。

包子妈妈一边说一边用身上的围裙擦擦手，然后转身去给我们盛饭，嘴里还说着，等以后咱家有了冰箱，你们吃东西就方便啦！

燥热的夏天啊，知了趴在树上叫个不停，草地上的管子还流淌着清水，阳光透过树叶的缝隙在地上映出一片斑驳，外面晒着的白色床单全是阳光的味道，隔壁的班花刚冲你笑了笑。

大概这就是夏天——是炎热，是汗水，是童年，是那凉水里泡着的一碗凉粉，是在那烈日下的伫立。

可我从没见过包子的爸爸。

2.

2007年我们升初中，包子班上有个女生很漂亮，高年级的几个男生就经常跑到教室门前喊她，女生害怕不敢出去。后来这几个男生的女朋友知道了这件事，就带着几个男生堵到教室门口。

女生吓哭了，包子从教室里冲出来把女生护在身后。高年级的几个女生轻蔑地说，哟，你算哪根葱，还想英雄救美。

包子个子矮，却毫不胆怯，仰着头说，是那几个男生主动找来的，自己眼瞎还来怪别人，真是不要脸。

后面的几个男生听见后立刻冲了上来，几个人厮打成一团。我闻讯跑到包子教室门口时他们已经被拉开了，老师也赶过来，包子嘴角流着血，还是仰着头怒气冲冲地盯着那几个人。

后来学校查原因，高年级的几个人一口咬定是包子总骚扰同学，女生胆小不敢说话，只是一个劲儿地哭。老师给包子妈妈打电话，说需要加强道德教育。

回家后我不放心，跑去找包子，包子妈妈生气地问他怎么回事，而包子坐在板凳上一句话也不说。

我赶紧解释说，阿姨不是这样的，是高年级的那几个人来骚扰包子的同学，包子是见义勇为，包子是被诬陷的！

包子妈妈沉默了会儿，对包了说，你站起来。

包子没有动，妈妈又重复了一遍，你站起来。

包子妈妈说，你看着妈妈的眼睛告诉我，我要你自己说。

包子缓缓地抬起头，看着妈妈，眼泪突然就忍不住往下流，边哭边用力地点了点头。

当我扭头的时候，包子妈妈的眼睛也已经红了，她一边帮包子擦擦嘴角的血一边说，妈妈相信你，所有人不相信你妈妈也会相信你，妈妈的孩子是最正直的。

包子哭得更厉害了，妈妈擦擦他的眼泪说，别哭，这个社会需要正义的人，即便你没有被人相信，这也不能成为改变你的理由，因为你是妈妈最正直的孩子呀。

包子擦擦眼泪，然后又点点头，一下，两下，三下……每下都无比郑重。

3.

初二我转校，加上又搬了家，和包子见面的次数锐减。后来我被送到县里上高中，更是几乎整年见不到一面。

高二分科，我学文他学理，半个学期后包子给我打电话说他恋爱了。

我大惊，说，早恋？了不起啊！

包子害羞地说，是她跟我表白的。

赤裸裸的秀恩爱！我听着无趣，对他说，那就祝你们安全吧。

三个月后我又听到消息，包子上课给女生写小纸条被老师抓到，全校通报批评，还要叫家长。

包子妈妈那时刚下岗，找了一家缝纫厂做短工。包子妈妈气冲冲地对他说，你要不想学咱就回家，别耽误人家行不行！

包子不服气，歪着头说，什么叫别耽误人家，她学习没我好，而且还是她先追的我。

那是包子妈妈第一次打他。十几岁的大小伙子，已经比母亲高出一头了，在教学楼旁，包子妈妈一下一下打着他，包子也不躲，就直直地站着，一脸倔强。

在太阳光的照耀下，已经能清楚地看见包子妈妈鬓角生出的白发。包子妈妈打着打着就哭了，抬起的手再也放不下去，颤抖着对包子说，妈不求你有多优秀，但是你要知道，你是男生，以后要成为男子汉，无论遇到什么事情，都不该把责任推到女生身上，你怎么这么不给妈争气啊！

包子一时说不出话，包子妈妈接着说，你们以为恋爱就是黏在一起，写写纸条看看电影？恋爱是两人约好去野外郊游，是共同研究菜谱，是坐绿皮火车头靠着头，是你一页我一页手写日记。恋爱也是互相忍受小脾气，互相担起责任，是两个人一起成为更好的人。

在场所有人点头如捣蒜。

4.

高考结束，包子失利，他觉得读专科没什么意思，就自己跑去北京闯荡。凭借着一身力气，又勤快肯干，包子很快就攒了一些小钱。

后来包子打算单干，和一个朋友投了点钱，结果没过多久合伙人就卷着钱跑了，找不到人，浑身上下被骗了个精光。

包子一蹶不振，妈妈去北京看他，包子吃惊地问，妈，你怎么来了？

包子妈妈一进屋就帮包子打扫房间，空矿泉水瓶、泡面盒一大堆。

妈妈说，我听你朋友说了，来看看你。

包子不说话，包子妈妈一边拾掇一边说，没关系，咱被骗，说明咱善良，以后多长个心眼。不怕吃亏，吃亏是福，当初你姥姥就这么和我说的。

包子妈妈不会从网上买票，早上在车站排了一个多小时买的票，当天去当天回。拾掇完屋子又匆匆跑到附近的菜市场买了吃的，给包子做了一顿晚饭，然后就要去赶车。

临走前包子妈妈给他留下一万块钱，包子说，妈，你这是干吗！

妈妈说，咱还年轻，未来怎么样谁都不知道，但有方向就好，人人都在努力，回报可能不会立刻出现，但一定会出现的，妈永远支持你。

妈妈说，你吃饭吧，我走了。

包子含着泪说，妈，我送你。

包子妈妈说，别了，我自己认识路，你快吃饭吧，一会儿都凉了。

门关上了，可以听见妈妈下楼的声音，包子没有开门，但他拿着钱，眼泪一颗颗掉下来。妈妈纫一件衣服才几块钱，这一万，是要纫多少件衣服才挣出来的啊！

5.

2015年6月，包子妈妈查出食道癌，7月住院，什么都吃不下，医生说时间已经不多了。

包子从北京赶回来，一进门就跪在地上号啕大哭。包子妈妈躺在床上努力笑着说，儿子别哭，我不能守着你一辈子，总有一天你也会成为孤儿，可是妈妈也没想到这天来得那么快。

在场所有人都红了眼眶。

包子妈妈对着包子说，儿子，妈想回家。

包子点点头，哭着去办出院手续，医院的走廊，那么短，又那么长，包子哭得瘫在地上好几次。

办出院手续的时候包子看到妈妈的照片，他突然就愣住了，哭着说，原来，妈妈已经这么老了吗？

回家后的第四天包子妈妈去世，还是在那间老房子里，水池里还泡着凉粉，因为前几天接到包子的电话说要回家待几天，加上住院太突然，家里都没有来得及收拾。

包子抱着盆凉粉跪在地上泣不成声。

包子妈妈被包子送回老家下葬，一个月后我再见到包子，他整个人已经憔悴得不像样子，双眼肿着，胡子也没有刮。

他看见我愣了一会儿，说，我没有妈妈了。

他一张嘴，我的眼泪也跟着掉下来。

他说，你知道没有了是什么意思吗？没有了，就是无论怎样都找不到了，就是这世上唯一的想念只能在梦里相见了。

世间所有的爱都指向团聚，唯有父母的爱指向别离。

我也很难过。

6.

去年在北京和包子相聚，聊起近况，包子说现在生意做得还不错，再也不用考虑一顿饭要花多少钱。

他举着杯子不停地喝酒，一直到凌晨。我俩左摇右晃地往回走，在路边包子坐在地上，抬头看着星星，自言自语，妈妈，你是哪一颗呢？

我走到他身边说，你喝多了。

包子哭着说，妈，我给你买了个冰箱，双开门的，妈你能看见吗？

我突然想起很多年前的那个燥热的夏天，年轻的包子妈妈用围裙擦了擦手，把西瓜泡进凉水池里，笑着说，这个西瓜肯定甜，沙瓤的，等以后咱家有了冰箱，你们就能随时吃上凉的瓜了。

有一天终于意识到，走不完的胡同原来也就这么长，跑不完的操场原来小成这样。

水是缓的，云是慢的，人还没有注视就不见了。

记得你牵着我的小手时，以为一生不会有分离。

不准偷偷看，不准偷偷想念

—

不准回头看，不准偷偷地想念，而我路过这个春天，你在远处悄然消逝。时间走得太匆忙，打翻了我满手的回忆，散落在这漫山遍野。
乘坐在季节的列车上，片尾曲已经响起，而隧道还没穿过，思念依旧晚点，恍如永远到不了。

1.

人生的几大痛苦，高峰时段打车绝对算其中之一。

以前没有什么叫车的APP，打车全靠站在路边挥手。那么就出现了一个史诗级别的问题——那么多的手，怎么断定出租车是你的手招来的呢？

因为无法判别，所以人们只好各用其能。像大妈们就可以倚老卖老，猛地从你身后冲到前面一把死死抓住车门，讪笑着说，小伙子，大妈上岁数了，腿脚不好，又赶时间，就让大妈先走吧……一般这么几句下来，像我这种脸皮薄的人就只好乖乖让位，生怕旁边再冒出两句不尊老爱幼的闲话来。

如果是年轻人，那就要比惨了，总有人拽住你胳膊可怜兮兮地说出“哥，我大爷让车撞了，我赶着去医院”或者“我老婆正生孩子呢，难产，大哥你帮帮忙”等让人无法拒绝的理由。一旦你稍有迟疑，对方则立刻摆出一副决绝的样子，赌咒发誓“真的，骗你我死妈！”如果是女生，说不定还能挤出几滴眼泪，演技比演员还要更胜一筹。

2014年夏天，我还在上大学，周末回家休息两天。下着雨，大半夜舍友打来电话说，赶紧回学校，三缺一。

救场如救火，紧要关头我拿了把伞，提上裤子就往外跑。刚在路边喊了辆车，手还没碰到车门，就看见一个黑影蹿上了车。我用五秒的时间反应了一下，然后气得头都要炸裂了——高峰打车被欺负就算了，半夜打车也被抢，而且最可恶的是，这人连个理由都懒得编！

我气得也冲进车里，进去后才看清刚才那个人的样子，瘦瘦高高的一个男生，鼻子上架着一副银框眼镜，不算帅，但还算干净，头发被雨水淋得贴在脸上。

我怒气冲冲地说，司机，跟我走！

司机表情尴尬，不知道怎么办才好。僵持了两分钟，司机小声地问，要不，你们都先说说是要去哪里？

我说，河大，赶紧走。

司机又看看旁边的男生，男生说，算了，那你就先送他吧。

司机如释重负，说了声好嘞，扭头打火。三十分钟后到了学校，我付钱下车，男生也跟下来。我生气地问，你干吗跟着我？

男生坏笑着说，谁跟着你，我就是河大的。

我听完肺都要气炸了，说，那你把车钱给老子一半！

男生抓抓头说，行吧，但是我没现金，把你的微信给我，我转给你。

因为还下着雨，留下微信后我就先跑回宿舍了。麻将打到凌晨，男生发来微信说，卡里也没钱了，改天有钱了请你吃饭。

我说，你就是个骗子!

男生发了个“傲娇”的表情说，我不是。

我关了手机，然后自摸清一色，一把赚了来回两趟的路费，舍友骂骂咧咧地分了我的烟，我抢回来一根点着，看了一眼窗外，雨还下着，不断打碎在窗户玻璃上。

后来男生变成了我的好朋友，因为他真的请我吃饭了。他叫杨林，浙江人，我叫他林子。

2.

大学第二年，林子交了一个女朋友，是同届学管理的。最开始时两人属于秘密恋情，很少人知道，之所以被我发现，是有天下大雨，我正在超市买烟，这场雨说下就下，毫无征兆，一堆人困在超市门口团团转。

这时有人选择干等，有人索性在超市里买把伞，还有长得好看点的女生开始打电话，不一会儿就有男生打着伞在雨里飞奔过来。

当时我正打算回去找收银的小姑娘聊聊天，恍惚看见雨中出现一个熟悉的身影，等走近了发现是林子，左手撑着一把伞，右手还夹着一把，一跑一跳地从水坑上赶来。

我激动得眼泪都要掉下来了，那句“满身风雨我从海上来”几乎要脱口唱出来，但因为忘了调，我憋了半天只喊出句，林子!

林子猛地一抬头，满脸的惊愕。看见他的表情，我的心瞬间凉了半截，问，你怎么来了?

林子支支吾吾地说，我，我接我女朋友。然后从人群中走出一个姑娘，接过林子的伞。

我又惊又气，想怪他不是来给我送伞，又想怪他有对象了不告诉大家，结果最后只大喊了一句，接妹子你拿两把伞！

林子一脸无辜地问，不然呢？一把伞太小了。

我隐约听见旁边有人在笑，我不知道说什么，就傻在原地。林子身旁的女生笑着跟我打了个招呼，然后和林子撑着伞走了。

为了报复，我把林子有对象的事情以最快的速度散播了出去，用舆论的压力让林子请客吃饭。吃饭的时候，据可靠人士透露，两人好了两个月，林子每天早上六点半准时把早饭送到女生楼下，九点从自习室把女生接回宿舍，风雨无阻。

我渴了杯酒，说，这也太丧心病狂了！热恋期也不用这么腻吧！

朋友说，你不懂，这叫“热恋一时起，殷勤不要命”。

我夹了一大块毛肚放进嘴里，说，是，反正我懂毛肚熟得快凉得也快，再不吃就不好了。

林子搞了对象后花销剧增，我觉得挺正常的，毕竟两人隔三岔五的就要看个电影吃个饭，也不好意思让女生花钱吧，逢节再送点礼物，花销自然而然上涨。

林子不好意思向家里要钱，结果竟然自学一套贴膜的本领，生意面向全校学生，因为价格低，还服务上门，生意也还算红火。

我再次感叹，太丧心病狂了！

3.

两人就这样在一起两年多，在2016年分手。

我和朋友聊起天来说，嗯，意料之外，情理之中。

朋友问，什么意思？

我说，你想啊，俩人家庭情况比较接近吧，性格也都还不错，林子对她也不错，本来应该是好好的，但是往往双方付出不对等就会出问题。

朋友一脸不解，我说，其实我也不太懂，但是你想想，这两年林子做了多少，女生又做了多少呢。

朋友想想说，好像基本上是林子在照顾她，两人的开销大部分也是林子花的……

朋友边回想边说，我听得麻烦，说，大哥你别算了，本身感情就是你情我愿，到最后这么斤斤计较也太掉价了吧。

朋友大骂，不是你先提的吗！

我哈哈一笑，说，我出去买烟。

后来大家很少见到林子，也没人敢主动慰问他，生怕一句话说错再添更大的麻烦。没想到有天晚上林子突然问我，夏茵丹，你知不知道哪儿有修电脑的地方？

我想想说，卖电脑的地方都可以吧，你电脑坏了吗？

林子就发了个“嗯”，然后再无消息。

两天后我才听说，林子电脑坏了，里面有张他和女生的合照，他就大晚上背着电脑去修理，跑了好几个地方才找到靠谱的店家。

我说，这个呆子。

花一大笔钱恢复几十G，其实想要的只有一百多K。

又过了两天，我请林子吃饭，吃着吃着外面开始下雨。林子说，在我们南方，这个季节也是雨季，但是不像这里，那里雨不会下很大，只是会连着下很久，北方的雨太急了。

我说，嗯，你看古人写诗，南方婉约北方豪放，大概自古南方就多了一分风月，北方多了一分家国吧。

又是一年雨季，只是北方的雨啊，来去决绝，像极了当年的你，太匆匆。

我俩吃到深夜，林子喝多了，拿出手机看时间，我瞥了一眼，屏保变成了那张两个人的合照。

我突然很难过。

林子看了我一眼，说，不是我矫情，我只是不想丢三落四，至少现在还不想，所以拿这个做了屏保，这样就丢不了了吧。

我想，大概矫情和无病呻吟算是这世上最恶毒的两个词语了吧，没有经历就没有感同身受。

我不知道怎么办，就又点了一份炒饭推到林子面前，殷勤地说，吃点吃点。

林子突然就哭了，硬把米饭塞进嘴里，每嚼一下，就有一颗眼泪掉下来。

我心想，他哭什么？

林子说，我好舍不得她，可她说分手，我连挽留都没有就同意了，我知道有太多的问题摆在我们面前了。

我问，那怎么办？

林子哽咽着说，我不敢走，我怕她回头的时候看不到我会心慌，她那么任性，万一没有人对她好怎么办。

我不知道说什么，只好接着问，你之后的打算呢？

林子说，回老家待一段时间，别的以后再说。

我点点头，刚想说点什么，林子已经卧倒在桌子上。我又喝了一杯，看着窗外起风了，身后是巨大的夜幕，连月亮也看不到。我站起身，原来又要下雨了。

4.

第二天我送林子，大包小包，打车到车站，林子抢着要付车费。

林子说，刚见面的时候我蹭你的车，这次我还回来。

我没有和他抢，拎着包把他送进站。该上车了，林子还站在原地不肯进去，始终望着来时的方向。

我没有催他，直到火车马上就要走了，林子提上行李上车，再也没有回头。

5.

今年年初，林子飞到日本，发给我一张照片，背后是一片蓝色的海面。

我问他，北海道怎么样？

林子说，嗯，就是太冷了。

我问，整天？

林子说，白天还好，晚上只有几度，要穿毛衣或者夹克。我到日本的第一天晚上下雨，在车站等车冻得手都僵了，幸好遇见一位陌生大叔买了杯热饮给我暖手。

我说，那还真不错。

林子问，你最近怎么样？

我说，老样子。

寒暄了几句后他说，国际长途太贵了，挂了吧。

我说好。

可我没有挂，他也没有挂。沉默了一会儿，我问，还回来吗？

林子说，可能吧，不忙的时候，我就回去看看。

我不知道他说的“不忙的时候”是指什么时候，但我知道他心里有一个很难逾越的沟壑。

我说，那你在那边好好的。

当天晚上我整理房间，在背包里翻出三个火机。回想了一下，它们点过天津的烟，点过苏州的烟，点过南京的烟，点过云南的烟，它们数过万千枕木，亮过百十站台。有些人说走远就走远，有些人说出发就出发，不知道谁更幸福一些。

左脚恋恋不舍，右脚面向远方，各有所思，所以走得踉踉跄跄。

6.

从此我没有林子的消息。

后来和同学聚会，有人突然说，女生要结婚了。

我“哦”了一声，打岔聊起别的。饭后一个朋友找到我，说，夏茵丹，我给你看个东西。

我好奇地问，什么?

朋友掏出手机翻到一条短信给我看，上面写着“你在哪儿”。

发件人是林子，“你在哪儿”后面是女生的名字，时间是去年十一月。

朋友说，他应该是喝多的时候错发到我手机上了。

我说，删了吧，反正和咱们也没什么关系。朋友点点头。

你在哪儿?

对于很多人来说，都想知道某个人现在在哪里，正在做着什么事情，身边的人又是谁。

可酒干杯空，思念千里奔袭，你还是一个人站在回忆背后。

无论他在哪儿，你都再也见不到了。

不准回头看，不准偷偷地想念，而我路过这个春天，你在远处悄然消逝。时间走得太匆忙，打翻了我满手的回忆，散落在这漫山遍野。

乘坐在季节的列车上，片尾曲已经响起，而隧道还没穿过，思念依旧晚点，恍如永远到不了。

如果有来生

—

我希望每一次日落都可以多在水平面上逗留一会儿，我希望每一次换季都可以再恋恋不舍一会儿，我希望每一次我希望的都可以再欺骗我一会儿。
我们互道再见，我们还会再见。

1.

2016的夏天，我的生活大概是这个样子——早上六点多起床，刷牙洗脸，出门吃早点，上班，下班，吃晚饭，到家八点半，洗澡洗衣服，然后躺在床上想白天工作时没有想出的书名或文案。日复一日。而自己写东西的时间，大多挤在吃饭和坐公交的时候。

夏天就是容易忙碌，忙碌到不易悲伤。

因为在文字里生活久了，就必须要找时间清空大脑。走出去发现，原来风、云朵、阳光，都是有故乡的。

一开始我也只是瞎转，走到哪里算哪里，后来时间久了，也慢慢有了固定的路线，经常是沿着什刹海走一圈，沿途能看到很多鹤发童颜的老大爷在公园健身，还有半醒半睡的垂钓者以及宋庆龄故居。

那么多风景，其实也就只是路过，没有任何想停留的欲望。

有时候直接走到护国寺，就沿街坐下喝碗豆汁儿，吃两个炸糕，都是老北京正宗的，原汁原味。

有天周末没有事情，我从鼓楼一路走到北海。因为不经常来这里，很多东西都是新鲜的，包括北海岸边吹泡泡的小孩，亭子下跳舞的大叔，还有在清风中划过水面的柳枝。

我正坐在亭子边休息，旁边的另一个亭子里有两位大叔大妈在跳着不知名的舞蹈，旁边围了一圈人。

我对舞蹈没兴趣，可我对美女太有兴趣了。

我对面坐着一位二十四五岁的姑娘，戴着一个简单的遮阳帽，头发中分散落在肩膀，后边背着一个背包，像是一个远行的背包客，身子斜坐着望向远处。

我看呆了，心想，这世界上竟然还有这么清秀漂亮的姑娘！

姑娘带着一个特别可爱的小女孩，十一二岁的样子，两人离开的时候小女孩一直冲着我笑。

这是我第一次见到她们时的样子。

2.

再见到她们是在附近的一家餐厅，两个人坐在离我不远的桌子上。小女孩拉拉姑娘的手说，姐姐你看，又是那个叔叔。

叔叔？我心口一震，一口老血涌上来，然后皱着眉头更正她说，叫我哥哥！

漂亮姑娘倒是非常有礼貌，拿起杯子倒了一杯橙汁给我，说，不好意思啊，花花没怎么和外人交流过，你别在意。

我问，花花？这个小女孩叫花花吗？

姑娘刚点点头就被小女孩抢先说，对，花花的名字叫花花哦！

说实话，开始我是被眼前这个小女孩蒙蔽了，本以为是个乖巧可爱的小女孩，结果发现确实是我太年轻了。

小女孩手里拿着小龙虾，看着我盘子里的香辣蟹，蹦蹦跶跶地问，你的螃蟹不好吃吧？

我警惕地护住眼前的螃蟹，说，好吃得很，你想干吗？

小女孩挥挥手里的小龙虾说，我和你换哦！

我说，不换！你的才那么小，就想换我个大螃蟹，你以为我傻啊？哈哈哈……

小女孩听完探过头来说，你还是单身吧？

我震惊，说，你小小年纪，知道什么是单身吗？

小女孩坏笑着趴在我耳朵边说，我姐姐也是哦！

我突然意识到眼前这个小孩不简单，我可能会输。

后来在聊天中我得知，两人并不是在北京生活，只是来北京游玩的，短租了两个月的房子，就在这附近。

按道理来说，游玩一般三五天也就够了，长的也就十天半个月，玩两个月是什么心态？但我们毕竟不熟，我也就没有深问。

3.

我本着相遇就是缘分的心理，带她们去我经常去的那间酒吧。朋友们见到了两眼放光地说，夏茵丹，你这呆子从哪儿找到这么漂亮的姑娘?

姑娘非常有礼貌地介绍自己说，我叫安玲，这是我妹妹花花。

几个朋友争先恐后地给俩人让座，我满脸冷汗，赶紧说，你们矜持点！人家来北京玩一阵，对这里不熟，想认识点朋友带带路，我还要上班没时间，就给你们带来了。

款子是地地道道的北京人，家里开着两间餐厅，有的是钱，自己平时抱着吉他在外面唱唱歌，因为不用攒钱，也够自己花销。

款子拍拍自己的胸脯说，没问题，包在我身上！然后就忙着给两人倒果汁。

安玲看着款子倒果汁，缓缓地说，我想喝杯酒可不可以?

款子愣了下，看看我，然后说，当然没问题啊，你喝啤的还是洋的?

安玲说，啤的就好。

款子赶紧把果汁递给花花，然后又重新拿了一大杯百威给她。

安玲喝酒很痛快，一大杯啤酒，咕嘟咕嘟地就喝下去了，然后擦擦嘴边的啤酒沫，打了一个嗝，说，走了这么远，渴死我了。

几个朋友震惊地看着我，我也没想到这姑娘性格和长相反差如此之大，这就好比林黛玉坐酒吧，笑眯眯地和小哥说，再来一杯。

我赶紧打圆场说，还有小姑娘在旁边呢，能不喝酒的就别喝了，注意别影响祖国的下一代。

大家都蛮配合的，赶紧把酒杯放下了。

其实是怕丢人，毕竟新来一姑娘，上来就这么刚猛，实力深不可测，被喝倒了就糗大了。

因为我第二天要上班，所以早早就离开了。之后几天看到安玲和花花两人在各个地方玩的照片，我心想，真好啊，不用上班到处跑着玩，真潇洒啊！

妈的，有钱真好啊！

4.

一周后朋友给我打电话，夏茵丹，滚出来吃夜宵了！

当时我正在家被文案折磨得要死，接到电话后提上裤子就往外跑。等我赶到的时候，六七个人正坐在一起吃火锅，安玲和花花也在。

我大怒，以后吃火锅能不能早点喊我一声！

六月的天，晚上十点，几个人围着个火锅边吃边聊，浑身冒汗。

款子特别喜欢小女孩，一直和大家说希望自己婚后也能生一个女儿，吃饭的时候他不断地给花花加肉，花花也是来者不拒，鼓着两个腮帮子吃得满嘴流油。

款子笑着问，花花平时喜欢做什么事情呀？

花花高兴地说，花花的梦想是要成为作家。

大家齐刷刷地抬起头看着我，我艰难地咽下嘴里的鱼丸，说，你们看我干吗？我也不是作家啊！

款子笑着和花花说，就那个爱胡说八道的哥哥，也快出书了，到时候让他送你一本。

安玲和花花听了很惊讶地问，真的吗？什么时间啊？

我一直觉得出书也没什么，所以满脸尴尬，说，可能最晚明年吧。

花花认真地看了我一眼说，明年啊，那花花可能等不到了呢。

款子笑着说，没关系啊，就算你们回去了，到时候让他给你们快递过去。

花花笑着说，不是哦，医生说花花有白血病，可能等不了那么久了。

热闹的房间瞬间安静，气氛降到了零点，所有的人都一愣，转头看着安玲，只剩下火锅咕嘟咕嘟沸腾的声音。

安玲本来笑着的脸也开始变得凝固，头慢慢低下去，然后又抬起来，点了点。

好友包包"哇"的一声就哭了，边哭边说，你骗人，她才十一二岁啊！

花花一看有人哭了，赶紧用小手摸摸包包说，姐姐别哭，花花喜欢大家笑，可自从花花生病后，总让很多人哭，妈妈哭，爸爸也哭，我不想你们哭。

我抬起头，发现桌上每个人的脸上都挂着泪。安玲说，花花说她从来都没有来过首都，我和她在一个病房，她喊我姐姐，我就觉得她是我的亲妹妹，我想把钱花在医院也治不好，还不如带她来这里玩一阵。

因为无法安慰，所以没有人说话，一切的一切，距离我们都太遥远。

整晚包包的眼泪就没停过，大家散场的时候夜已经深了，我沉默着踩在人行道上，被无数开着夜灯的车辆超过。

后来在地铁站里，安玲领着花花问我，夏茵丹，如果你只有实现一个愿望的机会，你会选择什么呢？

我说，不知道，你呢？

我深深地记得刚才她说的每一句话，一个病房的意思，我是懂的。

安玲想想说，我也不知道，大概还没有想好吧。

我沉默，过了会儿安玲又笑着和我说，你要加油，你以后还有很长的路，所以还是要有颗渴望美好的心。

我感觉喉咙有些哽咽，只是点点头。一列地铁开过来，带走了安玲和花花，剩我自己站在站台，感受着过堂的风不断涌进来，又跟着地铁穿过去。

什么都过去了，只有人还留在夜里。

而她跌跌撞撞走了多远的路，才再次勇敢地站起来，我以为世界是知道的。

5.

最后一次见两人是半个月后，款子打电话说，她们说要回去了，出来太久，花花的爸爸妈妈不放心。

大家都赶过去，包包还拎了一大兜衣服来，都是新买的，结果还没张嘴就又开始流眼泪，哽咽着说，花花，这是姐姐给你买的衣服，回去了记得经常穿啊！

花花开心得跳起来，说，谢谢姐姐，谢谢姐姐！

因为是第二天的火车，大家准备晚上再聚一次。款子开车回家拉来炉子、炭、肉串，又从酒吧搬上两箱啤酒，毛羡也开上他的车。两辆车，七个人，我们浩浩荡荡地出发了。

大概开了一个多小时，我骂款子，你丫的要开到哪儿去？什么鬼地方，连个人影都看不到！

款子白了我一眼说，废话，有人的地方，可能让你就地烧烤吗？

最后我们停在郊区的一个小山坡上，生火，烧烤，几个人围在炉子前，烟气袅袅，星斗满天。

毛羡从他的车上发现几盒小孩子拿在手里放的烟花，说是过年时他侄子落在他车上的。

花花一手拿着一支，兴奋地围着我们跑，烟花发着白光，在她的小手上噼啪直响。我一瞬间感觉自己仿佛身处电影里的场景。

安玲双手抱着腿，斜着头，笑着看花花跑来跑去。映着夜色，她的头发散落在脸颊，可真美啊。

有一阵短暂的时间，没有人说话。不需要说话，星光，微风，山坡，都在替我们说话。

而在我蒙眬的眼里，这一幕永远无法忘记。

大家一直玩到很晚，花花玩累了，睡在包包的怀里，大家忙着往车里收拾东西。

安玲一边低着头拾掇一边说，真好啊！

我一愣，抬起头问，什么真好？

安玲说，这个世界啊，这个世界真好啊，还有你们，也很好。我回去偷偷地看了你的几篇文章，真羡慕你。

安玲说，我还没有好好谈过一场恋爱呢。安玲说着抬起头，认真地看着我，一字一句地接着说，所以，如果有来生，我也想好好地爱一次，好好地被人爱一次。

我听完赶紧扭过头去，眼泪不停地在眼眶里打转。我心想，不能哭，要哭也要滚回家再哭。

安玲在后面轻轻拍了拍我，说，走吧，该回去了。

我点点头。

回去的路上，花花躺在车后座上熟睡，偶尔翻个身，安玲静静地坐在一旁。公路无边无际，岁月纠缠不休，每个人都装着心事，连夜都已经发不出声。

是啊，这世界真好啊，雨水映着树影，云朵挂着彩虹，思念的人正在遥远的地方散步，也想牵着你的手，四季更迭都是世界播放的情歌，只差一个热气球，就可以飞到你身边。

微笑还未露出水面，路人就这样松开了手。

我希望每一次日落都可以多在水平面上逗留一会儿，我希望每一次换季都可以再恋恋不舍一会儿，我希望每一次我希望的都可以再欺骗我一会儿。

我们互道再见，我们还会再见。

我们终于变成了普通的大人

我们已经变成普普通通的大人了啊，明明，不想这么普通的。

1.

写稿子到深夜，经常去附近的一家小店吃夜宵，几个朋友坐着无聊，就轮番讲故事。

朋友说，我认识一个男生，他苦恋一个姑娘，宠着她顺着她，恨不得把心肺掏出来，感觉再没有第二个如此对她好的人了。俩人相处三年，结果最后女生决定嫁给别人。

我说，你这故事也太无聊了，就是男生悲惨了点，付出得不到结果。

旁边一个女性朋友淡淡地说，这女的惨了。

我一愣，问，怎么讲？

朋友拿着酒杯说，这女孩以后的老公会时不时地被她拿出来和男孩比较，这是男孩对女生最大的惩罚。

我大惊，说，太恐怖了，这算什么？

朋友说，不算什么，有过执念，才能放下执念；有过牵挂，才能了无牵挂。一个人的样子，都是从自己中生长出来的。

2.

上小学的时候，同桌是个姑娘，她是大队长，我是中队长，她主管学习，我主管卫生。

主管卫生的一大好处就是，可以不断从想偷懒的小伙伴那儿获取好处，小到一个玻璃球，大到一袋辣条，然后就可以按照他们的意愿调整值日表。

后来想想可怕的很，原来腐败就是从这里滋生的。

有天班上转来一个插班生，男生，牛仔裤，帆布鞋，刘海。他在上面自我介绍，我们在下面议论纷纷。

同桌说，他可真帅呀！

我说，这么帅，做值日一定很厉害。

同桌说，你要敢随便给他安排值日，你就完蛋了。

我说，这么帅，一定能同时拿起两把扫帚和三把墩布，噼里啪啦一顿乱扫，最后还能下个一字马。

新来的插班生被安排坐在我后面，我冷笑一声，每周都分给他最大的一块值日区，就他一个人，所以他总是在上课前打扫不完，然后被罚站。

我一这么给他安排，同桌就在上课说话的名单上记我的名字，所以我也被罚站。

同桌越记我的名字，我就越给他分大的值日区。所以很长一段时间，我俩都是站着过来的。为此我恨死了这俩人，心想，这对狗男女，总有一天老子要给你们好看。

我之所以那么小就知道了“狗男女”这个词，是因为有次我买早饭，卖包子的女人嘴里不断重复着狗男女狗男女……

我好奇，问，什么叫狗男女？

女人愣了下，然后说，就是一个人喜欢上了一个不该喜欢的人。

女人说着说着就哭了。

我心想，喜欢还有应不应该吗？大人可真复杂。

等我长大后才知道，很多时候挖掘到最后，没有该不该，没有对不对，没有做没做，只有爱不爱。

3.

小时候，总爱把一片口香糖掰成两块，很舍不得吃。有天我和男生在门外罚站的时候，他拿出半块口香糖开心地问我，吃不吃糖？

我说，你只有半块，还吃个屁啊。

他说，我们可以一人吃一半的一半啊。

说完他把半块口香糖又掰成两半，递给我一半。口香糖可真甜啊，可很快就没味了。

没味也继续嚼，我俩一边嚼口香糖一边聊天。

他问，夏茵丹，你有什么理想吗？

我说，我想有很多钱，吃口香糖一口气可以嚼一包，一定特别甜！

他笑，我问，你呢？

他说，我长大想当明星。

我说，当明星有什么好的？

他说，当明星来钱快啊，到时候就可以一口气嚼一包口香糖了。

然后我俩齐声狂笑，老师从里面走出来，我们被罚多站十五分钟。

因为半块口香糖，我俩结下了深厚的友谊。

4.

放暑假，住在附近的小伙伴们每天一起出来玩，小区后面不远处的野地是主战场。

当时最好的朋友每天都骑车带我一起去玩，一起回家。途中有个大下坡，我们在这里摔了无数次，依然乐此不疲。一到这里他就双手离开车把，风呼啦呼啦地从耳边擦过，眯着眼看两边平房树木飞快地掠过，仿佛这个世界都变小了。

后来有一天，他没有等我，带着另一个朋友，一起说说笑笑地骑出大门。

我走回家的路上一直在想，自己走就自己走，有什么了不起的。想着想着眼泪就掉下来了。

直到上了大学后，很多事情才开始被颠覆，原来校花也会越来越丑，原来上下铺也能谈恋爱，原来刚认识两天的男女就可以开房，原来真爱的两个人也会渐行渐远。

原来，路上人山人海，每个人的后座都不停换着乘客，你只是不停地成为其中的一个。

那时我俩曾坐在野地的小土坡上，小小年纪竟然开始感叹爱情与友情的不可靠，但确实没有任何的经历可言。

当深感一件事可悲时，最后很可能笑了。当深感一件事可笑时，最后可能哭了。

5.

高三，在学校寄宿，无心学习，整日睡觉，偷看小说，逃课去操场打球。

英语老师是个暴躁的女人，经常拿着小棍和扫把打男生。我气不过，一次在听写单词的时候，在纸上洋洋洒洒地默写下了《将进酒》，心想李白这老头还是有点本事的，竟然能写出“天生我材必有用，千金散尽还复来”这样的句子来。

这次老师没有打我，选择把我叫去她的办公室。

去办公室！真的要吓死了！

进去后吐了一口长气，原来不止我一个人，还有个隔壁班的女生。

那时候一个老师都是带两三个班，这个女生上课偷着画画，被老师抓到，叫到办公室。桌子上放着她大大小小的书本，一页一页全是婚纱。

后来她偷偷告诉我，她的梦想就是设计婚纱。

我说，真伟大。

她问我，你呢？

我说，我没你那么伟大，我没有梦想的。

她又问，你为什么不好好学习？

我说，你怎么这么多问题？

她说，因为女人本身就是问题多的生物啊。

我说，我不喜欢高三，因为“三”在所有数字中是最孤单的，既不像“一”那样洒脱，又不像“二”那样彼此拥有，三条横杠两两相望，所以不喜欢，就是这么简单。

她沉默了一会儿，说，我觉得你像个诗人。

我说，我不喜欢诗人，我喜欢杀手，那多酷，要在小本子上记下很多人的名字——让我背黑锅的小学班主任，女生宿舍的宿管大妈，街上打狗的光头大哥……哎呀，可能要杀人如麻了。

临近毕业，女生找到我说，我准备努力学习设计，你以后也一定要成为伟大的诗人，不要成为杀手。

我问，为什么？

女生没回答我就走了，很久以后我才收到一个纸条，上面写着：如果杀手有了喜欢的人，就再也不酷了。

6.

前年过年，同学聚会，一个朋友说，你们还记得×××吗？很多年前就去世了，车祸。

我愣了一下。那是个男生，当初经常一起去学校附近的游戏厅，那时他说他就想每天都能够逃课，没想到这下就真的逃了一辈子的课。

不知道什么时候开始，生命中已经频频出现死别。

有天夜里莫名接到一个电话，我问，哪位？

对面是女声，说，我要结婚了。

我又问了句，是哪位？

那面说，还以为我能穿着自己设计的婚纱走进礼堂呢。

我愣了下，说，那你是穿着自己设计的羽绒服走进礼堂吗？

她说，我觉得你真的可以成为一个诗人。

我说，对不起，我没做到。

她说，没关系，我也没做到。

说完她就挂掉了，挂掉的时候我好像听见她在哭。

7.

有天夜里写稿子，饿得要死，整间屋子找不到任何吃的。穿着拖鞋跑到楼下的便利店，结账的时候看见架子上的口香糖，顺手拿了一包。

走出门的时候突然想起那个操场洒满阳光的午后。

一个男生把他手中的半块口香糖又掰成两半，递给我一半。口香糖可真甜啊，可很快就没味了。

没味也继续嚼，我俩一边嚼口香糖一边聊天。

他问，夏茵丹，你有什么理想吗？

我说，我想有很多钱，吃口香糖一口气可以嚼一包，一定特别甜！

他笑，我问，你呢？

他说，我长大想当明星。

我说，当明星有什么好的？

他说，当明星来钱快啊，到时候就可以一口气嚼一包口香糖了。

然后我俩齐声狂笑，转眼已是十几年后。

我想，现在他在哪里呢？应该还没出名吧，不然我怎么还没有在电视里见到他。

我把口香糖一片片塞进嘴里，一整包，可怎么也感觉不如当时的甜了，突然心里满是苦涩。

我想，这样的时光一点也不甜。

8.

有过执念，才能放下执念；有过牵挂，才能了无牵挂。一个人的样子，都是从自己中生长出来的。

记忆深处，他说，我想当明星，当明星来钱快啊，到时候就可以一口气嚼一包口香糖了。

记忆深处，她说，我要努力学习婚纱设计，你也要成为一位诗人，不要成为杀手。如果杀手有了喜欢的人，就再也不酷了。

对不起，我没做到。

没关系，我也没做到。

9.

我们已经变成普普通通的大人了啊，明明，不想这么普通的。

从此在佛前言不由衷

—

1.

全世界的风景，我当你是最后一个

六月来的时候
世界都湿了
野猫在房檐下躲水
鸟儿也拢紧了翅膀

叶子亮得耀眼
我收起伞
收起潮湿的云
徒步在满是新土的路上

全世界的风景，我就这样站在风里

南方雨水充足
我在北方慢慢变老
记忆里一路颠簸
草长莺飞里看见了故乡

我赶着去见你
不会太早
也不会太晚
山水一程，风雨一更

全世界的风景，一颗心被箭矢射中

很久没有看见雪了
月亮清醒在夜里
笔迹是没有的
落叶是唯一的信件

海是倒过来的天
远方是生命的蔓延
脚我是有的
却不知怎么走向你

全世界的风景，我当你是最后一个

2.

没有人知道，
当你说失眠的时候，我的夜里也多了两颗星。

没有人知道，
当你散步海岸的时候，我就能感到海风吹来的方向。

没有人知道，
当你跨过新年的时候，我也会听见烟花绽放的声音。

没有人知道，
你轻微的一个皱眉，就成了我立刻改变决定的信号。

所有人都不会知道，不顾一切地相遇，在时光隧道里奔跑，再次遇见你，已经用尽了无数个黎明与黄昏。

从未停止爱你，我瞒着所有人，瞒着重伤不治的时光。

丢不下你，才是我保留过最完整的自己。如果可以抱着你，连说话都嫌费力气。

3.

那天她静坐身旁，双手缠绕着发香，是梨花带雨的模样，阳光努力穿透窗，映出她脸庞的轮廓。那天我站得很低，尘埃纷飞，我无处可逃，只好站成一炷香，将她的名字燃成百年，从此在佛前言不由衷。

记忆变得模糊，是时间最大的宽容

—

人们以记忆为长，最终也为记忆所困。
记忆是人最擅长的东西，也是最坚固的牢笼。

记忆越来越差，比如给领导汇报工作经常忘记准备重点；比如坐公交回家忘记下车，想起时发现已经坐过很多站了；比如每天重复着相同的生活，已经想不起今天是周几；比如和你的相遇，只能精确到某一年，具体的日期和当时的表情，也都已经记不清了。

前几天，自己深夜跑出去吃了个冰淇淋，甜滋滋的，吃完后心情好得不行，回家后脑子一热，做了个惊天的决定——收拾屋子。

我屋子的整洁程度，很大程度上要看我的心情以及生活状态。主人一旦难过，房屋也跟着失魂落魄，几乎是满屋子的空酒瓶和泡面盒，生活如同战场，满目狼藉。如果有一阵生活得不错，房间也会变得喜人，窗子擦得几近透明，阳光洒在地板上，有时候甚至会心血来潮搬回几个盆景摆在阳台。

收拾屋子，彻头彻尾地打扫，就经常会翻出很多意想不到的东西。偶尔在柜子里、大衣口袋里、本子里翻出点钱就算了，至少也算是个惊喜，但要是翻出以前的照片、笔记等历史遗留物品，那就是惊吓了。

这小孩就是曾经的我吗？人生若只如初见，谁人不是土肥圆！

啊，曾经我还写过这么肉麻的情书吗？去他的我爱你，感觉恨不得给自己两刀。

照片、笔记、老CD、上课偷写的情诗，还有小女生偷偷送给我的情书，翻出来一大堆，但最让我不明所以的是一张奖状，上面写着“祝贺夏茵丹同学在本次考试中获得英语成绩特殊贡献奖”。

英语成绩特殊贡献奖……特殊贡献奖……特殊贡献……

我是在劫匪手里拯救了英语老师吗？还是为汉英语言的沟通做了重要贡献？想了好久，我终于想起来，我英语成绩差到自己都怕，做题基本靠蒙，成绩基本靠命。有次考试是要年级评比成绩，英语老师找到我语重心长地说，这次考试只要你能及格，不给班里拉成绩，我就给你个奖状。后来我就得到了这张奖状，特殊贡献奖……

呵呵呵，感觉不会再爱了呢。

从小英语不好，是因为我有个致命的弱点，就是我在记住一个单词的同时，就会忘记另外一个单词，总共就几十个单词的词汇量，非常稳定，看卷子就像看天书一样。为什么人家十岁就能阅读英语报纸了，而我只能撕报纸！为什么人家有超强大脑，我只有进水大脑！

后来随着年纪增长，我发现所谓记忆的好坏，都是和时间有关系的。可能当初学习成绩非常好的同学，现在也已经背不出唯物主义与唯心主义的定义。记不住refrigerator这个单词的朋友，天天盯着它看，看到吐的时候，大概也就记住了。

但在人群中，肯定会有不同于常人的记忆，不是我，但是一定有，完全没有逻辑可讲。

我有个北京朋友，我们一起出去吃饭，服务员姑娘长得挺好看，从进门朋友就盯着她一直看。

我说，别看了，有点出息。

朋友说，不是的，我认识她。之前我在西安旅游的时候她和我在一个团，那天是周二，她向我借了一包纸巾。

我觉得他这是另一种示好的方式，而且变态到恶心。他说，真的，四年前我去西安旅游的时候，那时候我还上大学呢。

我说，要不咱们去趟医院吧，精神科。四年前的事，你还记得细节，而且还知道是周几？

朋友说，对啊，凡是我记得的发生过的事，我都能记得在哪天，是周几。

我不信，打开手机日历说，你说几件事吧，要日期和对应的周几。朋友想了下随口说了几个，竟然全部正确，最久远的一个竟然是十二年前，他小学被请家长的那天。

我惊得颤抖，为什么会这样？

朋友笑笑说，我也不知道，开始我觉得没什么，以为每个人都可以，后来长大了才知道，这是我特有的能力。

离开的时候朋友问服务生说，你还记得我吗？四年前，周二，在西安你借了我一包纸巾。

服务员先是一惊，然后回想了好半天才说，啊，好像是有这么件事情吧，但我已经记不得那人的长相和日子了……

除了这些先天无法解释的东西，还有就是疾病了。很多人知道失忆症，就是不停地忘记，开始是忘记做过的事，最后就是连亲人和老友都不记得，大小便失禁，连行动和吞食都无法做到了。我看过一个韩国的电影叫《我脑海中的橡皮擦》，就是讲述失忆症的一个故事。

在失忆症外，还有一种被称作超忆症的现象，很难说这是疾病，因为也属于先天的原因。

具有超忆症的人，没有遗忘的能力。他们把自己亲身经历的事情记得一清二楚，十年前的事、二十年前的事，不管是哪一天，只要提起来，他就能说出那一天发生了什么，能具体到任何一个细节。

这些是一个学医的朋友告诉我的，我听到时吓得连水杯都拿不住——不会遗忘，那岂不是要一辈子被难过的事纠缠？

朋友说，其实要比你想象的可怕得多。遗忘可以说是人们自我保护的一种方式，人总是希望快一些忘掉不好的事情，慢一些忘掉好的事情。如果得了超忆症，显然就失去了这种保护机制，大概就像C盘里堆满了文件夹，你却不知道哪些可以卸载。

而且他们的记忆就如当下一样真实，很难区分到底什么是记忆，什么是现实。他们清楚地记得感觉、气味、声音、味道、见过的每一件事、闪过的每一个想法。所以时间于他们真的没有什么意义。大多数人只记得他们的大脑认为重要的事，但他们的记忆没有权重，为了寻找到一个记忆，必须翻阅生命中的每一片记忆。

听完后我赶紧喝了一大口水压压惊，朋友笑着说，别怕，这只是极少数人才会出现的情况，应该要用全球这个单位来统计吧。

我们当中的每个人，大概谁都有难忘的事情吧，喜欢的事还好，如果是伤口，那一辈子都忘不掉怎么办？

我经常在想这个问题，并且非常恐惧，这种恐惧深入骨髓。

朋友说，能不能忘记，也不是自己说了算的，可能随着时间、经历、心态的变化，重视的程度会有不同，也包括年龄等因素吧，不然为什么那么多老年人记性不好。

人们以记忆为长，最终也为记忆所困。记忆是人最擅长的东西，也是最坚固的牢笼。

什么，你们问我记忆怎么样?

我记忆不好的，即便是非常想记住的事情。而且有时候，连自己到底是想要记住还是想要忘记也经常记不清了。

真的，记忆越来越差，比如给领导汇报工作经常忘记准备重点；比如坐公交回家忘记下车，想起时发现已经坐过很多站了；比如每天重复着相同的生活，已经想不起今天是周几。

比如和你的相遇，只能精确到某一年，具体的日期和当时的表情，也都已经记不清了。

脚步无法停住，只好带着思念上路

—

很多年以后，我还能回忆起那个早晨，那是一个极其普通的早晨，和我二十多年生活中的每个早晨都没有什么两样，在店门打开的那个时刻，谁都不会想到，我们会相遇。

1.

蔡秋是我认识的最容易大脑发热的人。

我们经常一起吃饭，五道营有家墨西哥菜餐厅，听起来很不错，事实上很少有人能吃得习惯，包括我。举个简单的例子，他们会把青椒做成酱料来搭配主食吃。

青椒做酱，简直是黑暗料理好吗！我一口吃下去，整个人的脸先绿了一半，然后喉咙紧缩，拼命颤抖着咽下去，最后眼带泪水地躲在角落里哽咽了大半天。

我努力表现得平静一点，心想，旁边那么多小姑娘呢，我一定要装的像见过大世面一样，什么墨西哥菜，就算是狗屎，在老子面前也是风轻云淡。

蔡秋不行，吃了几口，咬牙切齿地感觉被坑了，招手要喊服务员来理论。我赶紧按住他说，你疯了？人家又没强迫你来吃，自己吃不惯，就不要怪人家。

蔡秋一愣，问，你这算什么逻辑？

我说，这世上很多东西，都不是按照你的意愿来的，你不满意，只能说明这不是为你准备的，下次不要再来了就好。

蔡秋说，那你的意思，老子就是要花钱买教训？

我点点头说，你也可以这么理解。

蔡秋端起橙汁喝了一大口，然后把杯子砸到桌子上，想了一会儿说，反正都要花钱，既然这样，我还不如花钱自己弄个小餐厅，那被动的岂不就是别人了？

我听完暴汗，喝了口水压压惊说，我就是随口一说，你可别认真。

蔡秋说，我是认真的。

过了一阵，蔡秋真的搞了家小咖啡厅出来，他说餐厅成本太高，一下凑不到那么多钱，就先从咖啡厅干起吧，最后连盘下来加上房租，差不多二十几万。

我心想，真潇洒啊，想干什么就干什么，关键还是有钱，妈的。

2.

蔡秋辞了工作拼命打理小店，加上之前老板传授了很多经验，生意很快红火起来，除了一些年轻人，还经常有外国友人光顾。

蔡秋不会英语，就靠着仅有的几百的词汇量和外国友人交流。有次我坐在店里写稿子，听到一个美国妹子问他，Can you give me a cup of ice water?

美国妹子语速有点快，很明显蔡秋没有听明白，红着脸挠挠耳朵说，A cup?I think you need C cup,and I don't sell clothes.

我震惊得手机都掉了。

clothes 你大爷啊！没听懂就不要乱说好吗！性骚扰要被关进局子的好吧！

不过凭借蔡秋的真性情，咖啡厅还是吸引了不少稳定的客人。有天蔡秋给我打电话说，快来，我有厉害的东西给你看。

我说，别闹，我在公司上班呢。

蔡秋说，我知道，你快来，我真的有厉害的东西给你看。

我狐疑着跑出公司，倒了三趟地铁，外加步行十几分钟，赶到蔡秋的小店。一进门我就兴奋地问，东西呢？东西呢？

蔡秋从吧台下拿出张照片和我说，你看！

我拿过照片看了下，上面是一个姑娘坐在店里喝东西的样子。

我隐约地感到自己可能被骗了，质问他，哪里厉害了？

蔡秋说，自从我开店以来，她已经来了二十三次了呢，你说厉不厉害？

我听完一口老血喷出来，感觉完全是痴汉与姑娘的桥段。蔡秋说，我觉得她不错，你觉得呢？

我不知道，但我知道蔡秋是要准备做点什么了。按照这个人的性格，一旦有了想法，必然付诸行动，你是拦不住的。

以后姑娘每次来的时候，蔡秋都会送上盘甜点，然后简单地聊几句。一来二去两个人变得熟了，有时蔡秋还会邀请她参加我们的聚会，时间长了，姑娘就跟我们常来常往。

3.

姑娘叫杜江，我们叫她杜鹃，在一家小型影视公司做编剧。杜鹃人和名字一样，小巧可爱，但性格直率，笑点极低，大笑起来几乎能够看见扁桃腺，咯咯咯地停不住，就差一口气背过去了。

有天店里没什么客人，蔡秋把我喊过来，我俩正围着个电磁炉吃火锅，杜鹃突然抱着只小黑狗跑进店里来，眼泪汪汪地说，我在路边捡到的，它受伤了，你们帮帮它。

都说笑点低的人泪点也低，是真的。

我和蔡秋也不懂医，看杜鹃急得流眼泪，蔡秋开车拉着我们直奔宠物医院，出门时还不忘回头和几个客人说，今天不收钱啦，你们喝完直接走就行，不用等我回来。

在医院里，医生说，小狗的皮外伤没什么，关键是有狗瘟，我可以帮它打点药，但能不能熬过去，还要看它自己。

杜鹃听了眼泪像断了线的珠子似的往下掉，蔡秋一咬牙，又开车回店里，路上买了排骨，大锅小火，咕嘟咕嘟炖了大半天，炖得一锅汤发白，然后盛了一大碗端到小黑狗面前说，吃吧，吃了病才能好。

小黑狗趴在地上呜呜地叫，过了会儿挣扎着站起来用舌头舔舔排骨汤，然后叼起一小块骨头，嚼嚼，嘎嘣嘎嘣响。

杜鹃脸上还带着泪，说，对，乖宝宝，吃下去给他们看看，咱们是没那么容易就死掉的。

都说狗是土命，沾土就能活，之后蔡秋的小店关了好几天，和杜鹃一起精心照顾小黑狗，终于奇迹发生了，小黑狗一天一天好起来，就在小店门口的地上打滚。从此蔡秋的小店又多了一名伙计，小黑狗吐着舌头蹲在门口接待客人，人们也都喜欢摸摸它的头，然后从包里拿点东西给它吃。

因为小黑狗，杜鹃也喜笑颜开。

4.

有天店里突然来了一个男人，找杜鹃的，我和蔡秋隐隐地感觉到不妙，小黑也卧在门口警惕地盯着他。

两人面对面地聊了一个多小时，男人离开了，剩下杜鹃红着眼坐在座位上。小黑狗吧嗒吧嗒地跑过去卧在杜鹃的脚边，杜鹃抱起小黑狗轻轻地抚摸，一下，两下，三下……

每抚摸一下，就有一颗眼泪掉下。

我和蔡秋面面相觑。后来才知道，男人是杜鹃的初恋，两人大学恋爱，到现在七年的时间，眼看到了谈婚论嫁的年纪，结果男的被上司家的姑娘看中了。

杜鹃说，我做编剧，写了那么多狗血的剧本，没想到我就是里面最臭的一摊。

我安慰她说，我做编辑的时候，主编和我说她认识的一个女作家在家捉奸，没想到床上的是家里的保姆和楼下收破烂的老大爷。所以啊，人们都说影视狗血、小说狗血，但要真论起来，生活才是最狗血的东西。

杜鹃红着眼不说话。

那晚蔡秋把杜鹃送回去以后，我们坐在一起喝了很多酒，很快他喝多了，趴在桌子上，小声地说，夏茵丹，我喜欢杜鹃。

我点点头，我知道。

蔡秋说，你可能不知道，这不是我第一次见她哭了。

我有些恍惚。

蔡秋接着说，她来店里的第一天就在哭，我知道她一定有伤心事，但我没有问。我知道每个人都有伤心事，每个人都有属于自己的季节，都要经历过最寒冷的那个冬天，然后等待着来年冰雪消融的时候，从此以后晴空万里。总会有那一天的。

我听得眼角湿润，用力地点点头。

每个人都有太多的伤心事，多么暗潮涌动的夜，我不说，不说就是在帮你，帮你就是在帮我，因为我想陪着你，我想和你一直在一起。

说完蔡秋就趴在桌子上睡着了，我起身关好店里的窗户。十月的风已经渐凉了，我忍不住打了个寒战。

第二天蔡秋把店交给他妹妹打理，人就没了踪影，杜鹃也联系不到。等再见到俩人的时候是半个月后，一个周末，杜鹃来到店里，蔡秋跟在后面，鼻青脸肿，我惊呼，你被人揍了啊?

杜鹃抬头看了一眼说，学人家打架，让人揍了不说，还在派出所关了半个月。

蔡秋白了她一眼，然后和我说，他也没好到哪儿去，现在还在医院躺着呢。

我知道那人是谁，但我不知道说什么，所以扭头去买午饭，等回来的时候，两个人正站在门口，杜鹃拎着一个小的行李箱。

杜鹃说，对不起，但还是谢谢你。

蔡秋说，没关系，我送你。

我知道杜鹃可能要走，很多故事到最后，无非她说对不起，他说没关系，然后各自不见踪迹。

我站在门外。突然小黑叫着跑出来，离着大老远就扑了过去，杜鹃蹲下伸出手摸摸小黑的头，小黑就转着头用舌头舔她的手。

杜鹃突然红了眼，说，小黑啊，你乖乖的。

小黑呜呜地叫，蔡秋拿过杜鹃的行李说，走吧。

俩人在前面走，我在后面大声问，还会回来吗？

杜鹃没有说，只是扭过头笑着向我摆摆手。蔡秋连头都没回，把杜鹃的行李放进后备厢，然后带着杜鹃一路远去。

又是离别，这些年我对离别的声音太熟悉了，发动机点燃的声音，站台上汽笛的声音，风吹落第一片树叶的声音，雨水奋力打碎在车窗的声音。因为什么都抓不住，所以什么都留不住，连一点回头的余地都没有。

5.

那年春节我和蔡秋聊天，蔡秋说杜鹃现在在老家，家里人给说了个新的男朋友，是个公务员，应该快结婚了吧。

我沉默了会儿，问，后悔吗？没留住她。

蔡秋也沉默了会儿，说，人生路这么长，会路过数不清的人身旁，她没有为我留下，正如我没有为她奔走，大概一切都是注定的吧。

我点点头，蔡秋接着说，你会不会觉得这是因为我的喜欢还不够才找的借口？

我一愣，蔡秋红着眼说，你们都说我脑子容易发热，因为我觉得这世上没有什么是做不到的，只要拼了命地想要，全世界都会来帮你。于是学渣成了学霸，屌丝成了男神。可只有感情，是这世界上唯一的例外，在这场比赛里，对手是她，裁判是她，除了她，谁也不能帮到我，她只要说一个“不”字，我就无法动身。但我真的真的很想她。

“我想她”，这三个字像锤子一样，砸得我喘不过气来。

很想很想你，像落叶坠入秋天的怀抱，像石子落入湖泊的眼眶，像这一年四季不停地兜兜转转，在晴天遇见地球的那一端。

脚步无法停住，只好带着思念上路。

我说，你醉了。

6.

第二年春天，小店装修，是蔡秋的妹妹强烈要求的，说是要扩大业务，除了喝咖啡外，还要弄手工制作、剪花什么的，都是小女生喜欢的东西。

我去帮忙，店里一片混乱，盘子碟子铺满桌子，满地的旧物。蔡秋满脸的涂料，一边干活一边骂，小丫头事还真多啊，还要换风格，累死你的哥！

蔡秋妹妹拿着个冰淇淋在一旁边笑边吃，小黑也在屋内不停地来回乱跑，装作很忙碌的样子。

蔡秋说，夏茵丹你抓住它，别让它打碎东西了。

我说，好，只要不让我干活，陪狗子玩玩是没问题的。

我跟着小黑东跑西跑，结果被一根绳子绊了个人仰马翻，仔细一看是当时我们吃火锅用的电磁炉插线。边骂边拍拍身上的土，不经意间看见旁边有张似曾相识的照片。

我突然想起来，一年前，有天蔡秋给我打电话说，快来，我有厉害的东西给你看。

就是那张照片吧，现在已经覆满尘土了。

我捡起来，上面写着：

很多年以后，我还能回忆起那个早晨，那是一个极其普通的早晨，和我二十多年生活中的每个早晨都没有什么两样，在店门打开的那个时刻，谁都不会想到，我们会相遇。

喂，就养只小狗吧

—

我想有一天，你也可以养只自己的小狗，从嗷嗷待哺到活蹦乱跳，从发光的清晨到寂静的日落。越过田野，爬上雪山，仰起头可以咬下一大口云朵，俯下身可以喝光整片海洋。

那里漫山遍野都是风景，全是你们喜欢的模样。

1.

刚到北京的时候，租房子，合租的朋友养了一条泰迪，叫果冻。

每种狗都有它自己的特点，而泰迪最恐怖的地方就在于，太爱运动。我来的第一天，它竟然想“非礼”我！

我正坐在沙发上吃水果，果冻啪嗒啪嗒跑过来。我心想，真是个可爱的狗子。刚要伸出手摸摸它，它突然立了起来，然后露出一个诡异的笑容，以迅雷不及掩耳之势，抱住我的胳膊就要运动。

瞬间我的心里一万头羊驼奔腾而过。合租的朋友看见，赶紧走过来啪啪两巴掌，狗子就蔫不溜秋地跑到一边卧着去了，从此再也没有过第二次。

后来时间长了，我和果冻也渐渐熟悉起来。每次我上楼的时候，都能听见果冻在屋里汪汪地叫，大概是因为它听见我上楼的脚步声。在我打开门的那一刻，它就欢快地跳起来，然后等我摸摸它的头，才可以慢慢安静下来。

有天我从外面回来，因为走了太远的路，累得瘫倒在床上，两眼一闭，不知不觉就睡着了。等我醒来的时候，果冻就趴在一旁，重重地叹了口气，好像在责怪我为什么把自己弄得这么累。

我赶紧摸摸它的头说，没关系，我不累，哈哈哈……

每个月拿到工资，第一件事就是给果冻买一大堆好吃的，肉丸、罐头、最贵的狗粮。

朋友说，你这样，会惯坏它的，养狗要像追女生，天大温柔深情，她就不会觉得你好，偶尔有点小惊喜，才可以新鲜感长在。

我说，惯坏就惯坏，我没有惊喜，女生也不是狗。

一起租房的朋友说，看你这么喜欢小动物，为什么不自己养一只？

我笑笑说，算了，太麻烦。

其实我想，如果一段陪伴只能存在几年，就算十几年，只要不是一直存在，那我宁可开始就不要。

2.

两年前，我养过一只狗，萨摩，是个姑娘，我叫她安琪儿。

安琪儿最大的特点就是疯狂，极度疯狂。我把她抱回家的时候她才几个月大，那时候她就像个疯丫头一样，撕书，啃床，到处跑，见什么咬什么，一不开心就跳到床上拉一摊。

而且最难过的是，她的体力无比惊人，而且休整时间极短，我常常被她遛个把小时，然后气喘吁吁地去洗澡。

有次我是真的生气了，大声喊，你要是再这么不听话，我就把你扔掉，外面无数狗贩到处打狗，一旦被盯上就不可能跑得掉。就算没遇到，到时候在马路上饿死也没人管，让你暴尸街头。

她好像真的听懂了一样，从那次开始，安琪儿的生活作风收敛了很多。

吃饭时会等我下命令才肯动口，别人说不行，一定要我亲口告诉她“可以吃了”，她才吧唧吧唧地啃起狗粮。

晚上睡觉的时候她会卧在我的床边，只有等到我睡着后她才跑去她的小窝里睡觉。假装睡着也不行，我试过几次的，她根本动都不动，等我一不小心睡着了，她才会自己偷偷地离开。

安琪儿傻乎乎的，偏爱帅哥。有天我出门吃饭，看见她正一动不动地趴在桌子上，我也没在意。可等我回来的时候，她依旧趴在那里，我好奇地走过去看，原来桌子上放着一本杂志，封面是个西方的男模，肌肉，深邃的蓝眼睛，安琪儿看得入迷了。

我故意把杂志拿开，她就一直呜呜地叫着跟在我屁股后面跑，最后我笑得不行，只好把杂志扔给她说，给给给，我不和你抢帅哥。

安琪儿，真的是个姑娘。

3.

在那段时间里，每当我写东西的时候，安琪儿就会安安静静地趴在一旁，非常安静，如果不在意，根本不会察觉到她的存在。

有天我写着写着就睡着了，做了一个梦，梦里还是那间教室，破旧讲台，深红色课桌，早晨八点的阳光，一切都是旧时的模样。

我找了个靠窗的位置坐下，结果她死活要坐在我后面。

我说，别这样，怪尴尬的。

她眨眨眼说，尴尬什么，这么多年不见，你都没什么想和我说的话吗？

我点点头，她“啪”地给我一耳光，说，不行，想想。

我想了想，然后说，对了，前一阵你送我的钥匙链突然断了，我还以为你死了。

她“啪”地又给我一耳光。

平白无故挨两个耳光，我气得撸起袖子准备还手，她突然认真起来，说，后来，你又喜欢上别人了吗？

我一愣，她又接着问，她也像我当初一样那么喜欢你吗？

我不知道说什么，起身要走。

她在后面喊，喂，夏茵丹，你怎么就要走了啊？

我继续走。

她在后面喊，喂，夏茵丹，钥匙链旧了，怎么还不换一个啊？

我继续走，出门一转身撞到墙上，惊醒。

安琪儿依旧趴在一旁，看我睡醒了，她就跳起来跑到我身边，不断用舌头舔着我的手。

我摸摸她的头说，安琪儿啊，你这么温柔，是不是永远只会被动地被人伤害？

安琪儿低下头呜呜地叫了两声，围着我转了转，然后吐着舌头跑开了。

电脑里正播放着周杰伦的《轨迹》，“我会发着呆，然后忘记你，接着紧紧闭上眼……”

情到深处是不是都容易掉泪？一个少年努力地踮起脚尖，想要伸手去点亮天上的星光，从此深夜变得不再荒凉。

我赶紧把音乐关掉了。

4.

在几年前，曾经生命中的女主角说，我以后一定要养一条狗，最好是萨摩，白茫茫的，像雪地一样，回家后就趴在它身上取暖。

我听了心里柔软得发慌。

在宠物店里，我抱着安琪儿说，狗子，跟我回家吧，以后你想去哪里，我就带你去哪里，我可以一直陪着你。

一直陪着你，走过去，白云盛开，湖水清澈，带你去每一个你想去的地方，不问方向，走到哪里都是晴天。

可是啊，对不起，是我骗了你。后来因为忙于学业，实在疏于对她的照顾，最后无奈送给了一位朋友。送走安琪儿的时候，她好几次扑回我的怀里。

我和她说，对不起，是我骗了你，没有一直陪着你，你乖乖的，我让那个叔叔每天给你炖肉吃。

安琪儿呜呜地叫，一直回头望向我。

看着安琪儿越走越远，我和她说，对不起，是我骗了你，说要一直陪着你，因为我再也陪不到我想陪着的人了。

我想，追忆的意思大概就是，明知道结局输定了，还是要和时间来一场必败的赛跑。

快跑啊！那时候六月刚结束，潮水还没有涨起来。

快跑啊！那时候我还爱大笑，你也在身边。

可无论安琪儿跑多快，都再也追不上了。

5.

安琪儿刚被送走的那一周，开始拒食，朋友拿高压锅炖的排骨，炖得汤汁咕嘟咕嘟地发白，安琪儿还是不肯吃。

朋友无奈给我打电话，我打车赶过去，安琪儿看见我呜呜地叫着跑过来，抱着她我的眼泪一滴一滴掉下来。

我也舍不得你啊，可是我就要离开了。

后来我在朋友家住了好几天，朋友特意请了一周的假陪着她，直到安琪儿渐渐地熟悉了新环境我才离开。

在北京的时候，朋友经常晚上打电话给我，他在那头大声说，安琪儿，快来跟那个负心人说话啦！

然后我就能听见安琪儿啪嗒啪嗒地跑过来和疯狂的汪汪叫的声音。

听着她的声音，我的眼泪一颗一颗掉下来。安琪儿，你好傻啊，是不是有类人就和你一样，明明是被人丢下的，可还是一如既往地想念着。傻瓜啊！

傻瓜啊，你千万不要再提醒我，明明就已经忘不掉。

傻瓜啊。

6.

一些人从我的生活中走掉，我从一些人的生活中走掉，一转身，世界开始慢慢变暗，发光的只剩想念。

从此一个人的季节。

安琪儿啊，对不起，是我骗了你，说要一直陪着你，因为我再也陪不到我想陪着的人了。

按照通常的道理来讲，失去的，往往会以更好的形式回来。

从我身边离开后，安琪儿天天都有了排骨吃。可是朋友说，看她整天心事重重，好像不是很活泼。

有多少人不需要那么好，想要的只是刚刚好。

我想应该春天明媚，秋季伫立；我想应该叶子依偎，河流跳跃；我想两个人应该肩并着肩地前行，八月的花一路生长到脚畔，微风抚摸微笑，阳光覆盖整条街道。

我想有一天，你也可以养只自己的小狗，从嗷嗷待哺到活蹦乱跳，从发光的清晨到寂静的日落。越过田野，爬上雪山，仰起头可以咬下一大口云朵，俯下身可以喝光整片海洋。

那里漫山遍野都是风景，全是你们喜欢的模样。

童话

—

两个人说好去远方的，一个转身绊倒在海岸，一个留在深秋里翻看。如果你已经踩到了来年的阳光，就请微笑着收拾行李，记得不要太大声，让我继续沉睡在雨季。

1.

一阵风，遇见一片云。

云彩问，风啊，风啊，你跑这么快，是要去哪里？

风说，我要去地平线看一看。

云彩问，地平线有什么呢？

风说，那里经常下着雨，天上却阳光万里。那里雪山滴水，河流反光，思念漫出海平面，鲜花铺满山野。

云彩开心地说，那么好呀！那你能不能带我一起去？

风想想说，好吧，那你要跑得很快才可以。

云彩点点头说，好。

话音刚落，风就不见踪影了，云在后面不停地追赶，日复一日，年复一年，慢慢变成晚霞。

你听过喜欢的人讲述未来吗?

说得那么美好，跟你想要的一样，却和你没有一点关系。

停下擦擦泪水，像没有翻开一样，那么多场景，零散而不同，我只是从这里路过。

2.

风掠过地平线，但没有停下脚步。

有天他问一朵刚出生的浪花，你见过一朵云彩吗?

浪花说，没有啊，但妈妈告诉我，云彩应该是飞在天上吧。

风说，在很久很久以前，我把她给弄丢了，现在我想要找到她。

浪花说，很久很久以前是什么地方?你在那里丢掉的，应该回到那里捡起来啊。

风沉默了，悄悄地离开，跟着季节不停往返在赤道和极地。慢慢地，风速越来越慢，像古老房子外的路灯一样，摇摇欲坠。

直到有一天，风归于平静，一头跌进大海，用最后的力气泛出两个气泡，从此再无声息。

喂，笨蛋，就算没有我，你也要照顾好自己。

3.

古老房子的主人生了一个小孩子，很多年后，小孩子已经会跑跑跳跳了。

有天小孩站在路灯下说，呐，我现在两岁了，你多大了呢？

路灯闪了闪说，我要一百岁了。

小孩吃惊地说，一百岁！你岂不是比我爷爷还要老？那你一定知道很多有趣的故事，给我讲一个好不好？

路灯想想说，从前有阵风，不停地吹来吹去，有天我喊住他问，喂，你为什么要这样一直吹来吹去？风告诉我说，他在找一朵云，所以要不停地寻找。

小孩问，后来呢，他找到没有？

路灯说，很多时候，没找到的真正原因，大概就是找不到了。

小孩又问，那你呢，为什么一直待在这里，一百年都不去别的地方看看？

路灯变暗了一点，轻轻地说，我在等一场雪。

小孩说，可我们这里是南方啊，怎么会下雪呢？

路灯不说话了，慢慢地又变暗了一些，直到小孩离开，才小声地说，会下的，一定。

城市改建，路灯被铲车连根推倒。当天晚上，天空洋洋洒洒地飘起了小雪。

小孩开心地拽着妈妈说，你看，外面下雪啦！

每场相遇，都等待了一个世纪。

不愿离开，也不敢离开，可是，我们都等得太久了。

4.

喂，呆子，写什么童话，不是想要出书吗？快去写现在大家喜欢的鸡汤励志和方法文。

可是为什么要对别人的人生指指点点？即便大家走得再艰辛，那不才是他们独一无二的人生吗？

那你觉得，人们应该怎样走过自己的一生？

别问我，我也不知道，因为我只是一根被铲倒的路灯。

5.

云不见踪迹，风归于平息，雪花落满地。

两个人说好去远方的，一个转身绊倒在海岸，一个留在深秋里翻看。如果你已经踩到了来年的阳光，就请微笑着收拾行李，记得不要太大声，让我继续沉睡在雨季。

在所有走过的风景里

—

一个个省，一座座城市，一双脚印不断走过去，一头撞进风里，就像是撞进什么人的怀里。
最后走过千山万水，他在春天的那一边，你的秋天刚落叶。如果注定是错过，那我就在所有你走过的风景里，一直想着你。

1.

刚上小学的时候，教我数学的是个姓孙的女老师。说起来很幼稚，但是是实话，我当时感觉再也没有人能比孙老师还漂亮了。

隐约记得她嘴角还有颗痣，温柔，喜欢摸摸好学生的头，拍拍坏学生的肩膀。因为孙老师，每次数学考试我都争取考到一百分。但好景不长，在我小学三年级的时候，在班会上突然被告知，孙老师回家生孩子去了。

听到这个消息，感觉我年少单纯美好的世界“轰”的一声就崩塌了。可怜的我，当时连女人大肚子就是怀孕了的常识都不知道，只是听同学意味深长地说了句，唉，孙老师已经是别人的女人了。

我眼睁睁地看着换来另一个老师，不漂亮，爱生气。为了报复，从此我不好好学数学，直接导致我与理科在未来的人生道路上渐行渐远。

直到上了高中，在毫无征兆的情况下，我物理只考了八分。物理老师都惊呆了，自称教了快三十年的书，我是第一个在物理上考个位数的。

为了不打击老师的信心，为了不动摇老师的世界观，为了祖国教育事业的正常发展，我从此踏上文科的道路，并发誓对理科生敬而远之。

毕竟连这么诡异的知识都听得懂，怪可怕的。

2.

直到遇见林萍，才打破了我对理科生的认知。他是跟我合租的第一任室友，在一家计算机公司工作，和我共同的兴趣点非常多。

我们都喜欢山鸡哥，我们都喜欢宫崎骏，我们都喜欢樱木花道，我们都喜欢茅野爱衣，我们都喜欢李宗盛，我们都喜欢《喜剧之王》，我们都喜欢夜下那片海，我们都喜欢雨天吃火锅。

不同的是，火锅里我爱吃毛肚，而他爱吃虾滑。为此我们打了好几架，非常残暴，都滚到地上了，我捶捶他大腿，他踢踢我屁股，然后爬起来互相朝对方吐两口吐沫。

不过林萍还是很讲义气的，有次我在外面请个貌美如花的姑娘吃饭，吃到一半发现钱包不知道丢哪里了，只能偷偷跑到厕所给林萍打电话，林萍二话没说开着辆小摩托就跑来了。

后来我才知道林萍根本不会开小摩托，小摩托是他女友佳佳的，平时都是佳佳在前面开，林萍坐在后面，头上扣着歪着的安全帽，紧紧抱着佳佳。

那天林萍一着急，开着小摩托晃晃悠悠地就上路了，结果回去的路上差点没翻到护城河里。

佳佳气得笑了。

他们两人在一起有两年的时间了，有段时间两个人经常吵架，吵架原因是佳佳希望林萍换个工作，而林萍不肯。

林萍工作非常玩命，但公司老板给的工资非常少，佳佳觉得不公平，就让林萍换个公司。而林萍则觉得他刚毕业时什么都不会，公司的老板收留了他，随随便便走掉太不仗义了。

多次争吵无果，佳佳只能找到我吐槽，说，你看这人是不是脑残，换个工作都能扯到人性的高度。

毕竟人和人的价值观不同，我也插不上嘴，只好尴尬地听着两人互相吐槽，最后像个和事佬一样，这边点点头，那边也点点头。

3.

直到临近春节，有天林萍突然就不怎么说话了，屋子里沉默得可怕。那阵子林萍天天加班到很晚才回来，我喊他吃火锅也不去，双份虾滑也不行。

我隐约觉得他可能和佳佳分手了，为了套出点话来，我从超市买了一堆火锅原料，等到凌晨林萍从公司回来，我兴奋地说，来来来，吃夜宵了！

林萍愣了愣，然后坐在我对面，我赶紧往锅里下虾滑，一大锅，沸腾得可爱。林萍一口都没吃，只是一直在喝酒。

我夹了口肉，小心翼翼地问，你是不是和佳佳分手了？

林萍喝了口酒，慢慢地点了点头。

我摸不着头脑，问，就因为小事吵架？

林萍沉默了一会儿，说，可能吧，算了，这泼妇烦得不行，分了也好。

林萍说，平时我打个游戏她都一直在旁边嘟囔，周末和朋友出去吃个饭也嘟囔，早上懒得吃早饭也嘟囔，典型的泼妇，分吧，分了就不烦了。

我沉默着看着林萍，因为他说完就哭了，然后擦擦泪说，妈的，老子真想这泼妇啊！

俩人坐到天都快亮了，酒瓶散落一地。我有点醉，看着屋子里灯光昏黄，迷迷糊糊中听到林萍说要去找佳佳，我点点头。我又听见他问了我一个地方，然后我就趴在桌子上睡着了。

睁开眼的时候已经天光大亮，我从沙发上爬起来，林萍不在房里，手机上是他发的消息，说要去找佳佳，春节票不好买，最后只买到了张站票。

我想，站票就站票，春节期间有票就是好的。两秒钟后我突然清醒过来，隐约想起来昨晚林萍好像问我，曲靖是什么鬼地方，我怎么从来没听说过？

林萍一个理科生，地理渣得要命，不知道曲靖在哪儿，只知道佳佳的老家在那里。从北京到云南，将近三千公里，四十个小时，林萍买了张站票就走，我惊呆了。

第三天我接到林萍的电话，边骂边说，我这是站着穿越了中国吗！

我笑喷。

4.

一周后林萍回到北京，我好奇地问，怎么样怎么样？你见到佳佳了吗？

林萍点点头，然后大笑着说，哎呀，这一路，老子的腿都要站废了。

后来我从别的朋友嘴里才知道，佳佳的父母给她找了个商人，做食品生意的。

我和他说，没事，好聚好散，反正这世上多的是爱而不得。

林萍呆呆地看着我，过了会儿慢慢地说，是这样吗？难道不应该是过直线外一点吗？

我听完先愣了两秒，然后大怒，去你大爷！能不能说人话！别跟我提数学，老子自从高考完就发誓再也不沾数学！

林萍笑笑说，其实上次我去找佳佳光顾着赶路了，现在想起来那里沿途的风景好像还是不错的，怎么样，要不要去玩玩？

我迟疑地问，是要旅游去吗？

林萍点点头，我担心林萍刚分手会出事，就说，好，我陪你去。

一天天的，一站一站往南，忽而吵闹，忽而寂静。在武汉吃了碗劲爆辣的小面，我直接犯了急性肠胃炎。

我说，我可能走不动了。

林萍说，你打个120吧，就说救救我。

我问，你呢？

林萍说，我还要接着玩呢啊。

我去你大爷的，明明是我陪你出来玩好吗！

出于人道主义，林萍把我送到医院，然后给我订了返程的车票，又扔给我一千块钱，说，输两天液就回去吧，你这小身板也扛不住长途颠簸。

我心想，失恋了来个旅行，难道有什么实际的意义吗？

我说，好，你注意安全。

回北京后，我收到林萍寄来的一个大包裹，是从长沙寄来的酱板鸭。他说，你吃吃看，很好吃的。

我说，都到长沙了，走了这么远，差不多就回来吧。

林萍没有回复我，我想，走多远才可以不想念呢，如果思念有距离，脚步一定无法停住。

5.

后来林萍老板看重他工作认真，调他到河南做经理，工资翻了几倍，而我也只好换房子租。

今年秋天，百无聊赖的我决定沿着林萍旅行的路线也出去走一走。从北京出发，经过江汉平原，远处的山坡和土地不断地冒出水汽，不禁想起古代诗人写的“气蒸云梦泽”，真是形象到无以复加。

在黔东南苗族侗族自治州的一个大山里过夜，完全没有手机信号，大晚上只好和一个在当地支教的老师聊天。

男生是教数学的，一边聊天一边备课，嘴里不断嘟囔着知识点。我突然想起之前林萍说的那句话，就问他，我问你个问题，过直线外一点是什么意思？

男生抬头看了看我，说，很多知识点都有过直线外一点，我估计你问的是过直线外一点，有且仅有一条直线与已知直线平行吧。

我愣了下，想起那天的对话。

没事，好聚好散，反正这世上多的是爱而不得。

是这样吗？难道不应该是过直线外一点吗？

林萍是学理的，当时我不懂，现在才明白他想说的那个词是，有且仅有。

看着满天的星星，我心想，真好看啊，北京很少能看见这样的满天繁星了。第二天我继续上路，车轮卷携着思念，颠簸着一路向南。

好漫长的道路啊。

北京，保定，石家庄，邢台，郑州，孝感，武昌，长沙，娄底，怀化，贵阳，安顺，六盘水，宣威，曲靖，昆明，大理，丽江，香格里拉。

一个个省，一座座城市，一双脚印不断走过去，一头撞进风里，就像是撞进什么人的怀里。

最后走过千山万水，他在春天的那一边，你的秋天刚落叶。如果注定是错过，那我就在所有你走过的风景里，一直想着你。

向前走，并以幸福的名义

—

当我遇见最后一片落叶，你那里有没有雪花正落下。当我喝下整杯晚霞，星光是不是刚好散落你头发。当我坐的航班在落地，你等的地铁是不是也刚到站。当我想念你的时候，你会不会也刚好想起我，像初见时风吹过的裙，带着春意盈盈的笑。

1.

新年前夜，没有雪，街上到处可见挂着的彩灯和炸裂的炮屑。打开朋友圈，被朋友们的各种照片刷屏，恋人们成双成对，朋友们觥筹交错，时间轻轻划过皮肤，瞬间恍如变成永恒。

我正窝在屋子里写稿子，已经连续十四个小时，泡面吃了两桶，胡萝卜一根，最后半截胡萝卜入口时大概脸已经绿了。太难吃了，恶心，反胃，喉咙紧缩，剩最后一口的时候，屏气凝神十分钟，放入嘴中，然后眼泪缓缓落下来——啊！这就是地狱了吗？

直到写下最后一个句号，我往床上一躺，才拿出满是消息的手机，上面收到很多读者和朋友的问候。有一条是亚东发的消息，说，夏茵丹，新年快乐呀！

2.

去年的这个时候，小雪，我和亚东正在一个县城里游荡。

亚东家里挺有钱，开厂子的，身上一块手表就两万多。他开着车，我坐在副驾驶位上问，去哪儿？

亚东说，请你吃饭。

土豪请吃饭，我激动得几乎说不出话来，点什么都想好了，一进门必须先喊服务员，澳洲龙虾！最大的那只！虾尾给我做椒盐，刺身切薄一点，要多汁的！赶紧上！

结果亚东把我带到路边一家羊杂汤店，我气得浑身颤抖，心里暗骂这孙子太不够意思，给未婚妻买一条项链就四万，眼皮都不带眨一下的，请朋友吃饭就喝碗羊杂汤。

亚东说，你来尝尝，这家特别好吃，好吃到爆炸！

我狐疑地问，你确定吗？

亚东说，我确定的！

小店藏着世外高人这种事我也是遇见过的。之前在高阳的一个加油站旁的小面馆里，来来往往的客人大多是拉货的司机，对食物也没太多要求，只要热热乎乎，能填饱肚子就可以。有次我刚好路过，掌勺的是个发须尽白的老人，三扯两扯一碗面下锅，捞出来后面几近透明，味道绝妙。

我将信将疑地跟着亚东走进店里，点了两碗羊杂汤、四角饼。亚东搓着手说，哎呀，都已经迫不及待了呢！

我坐在亚东对面，隐隐感觉这货不太正常。按以往的经验来说，这货平时出来吃饭，不管人多人少，桌子上一定摆得满满的，亚东说这是面子上的事，必须办好。我心想莫非这货也学会勤俭节约了？

亚东说，你坐这里等下，我去去就来。然后自己跑到老板娘面前说了些什么，具体的内容听不到，只是看着很急切的样子。

直到羊杂汤端上来，我边喝边等，感觉也没有特别好喝，就是一般的味道而已。亚东依旧在那儿和老板娘交谈，隐约中我听到句，给我吧，求求你。

我大惊，莫非这货有什么把柄被老板娘握在手里？心想必须好好了解下，到时候好敲这货一笔。

我等了很久，四角饼全吃完了，非常饱，撑得快走不动路了。他那碗羊杂汤又热了一次，亚东才坐回来，一句话都不说。

我隐隐约约地感觉到气氛不对，问他，你在找什么？

亚东没说话，抱起羊杂汤一口气喝了个干净，反问我，怎么样，好喝吗？

我说，一般吧，还行，但也没你说得那么夸张吧。

亚东沉默了会儿说，盈盈特别喜欢喝。

我听到这个名字先是愣了两秒，然后脑仁开始疼。当初他们俩人在一起四年，本来都到了谈婚论嫁的地步，最后是亚东说的分手，没有原因，当时在朋友圈里掀起了巨大的风波。

3.

走出小店，雪下得更大了，亚东说，我特别羡慕你们。

后面的话我都不想听。人总是在期望远处的东西，得不到的羡慕拥有，拥有的又说放弃真轻松。

妈的，人总是这样。

我们没有开车，在路边瞎走，雪花加速落下来，视线还未到达终点就被阻挡。

他步伐很大，和我错开了几个身位，我喊他。

他一回头，背后满眼夜色，脸上挂满了泪。

我顿时一句话都说不出口。

他说，夏茵丹，你知道吗，我妈妈在我很小的时候就走了，我几乎已经记不起她的样子。后来我爸给我找了个后妈，在这家人的帮助下我爸的生意也好了，我的人生也就开始被安排，从我在哪儿上学、学什么专业，到以后的工作、要和谁结婚，都是安排好的，他们所谓的平坦大道。

我看他紧紧握着拳头，我说，我不是很能体会你的感受，因为我只在电视里见过你这种情况。

他说，现在我家里的厂子准备往海外拓展了。

我说，嗯，真牛。

我一直没敢提盈盈。

过了会儿亚东自己说，是我对不起盈盈，刚刚那家店是我们在一起的地方，也是我们分手的地方。

我听了好奇，问他，你在找老板娘要什么？

亚东发了会儿呆，找了个空地，坐下来说，当时我想送她一套房，可是已经没有机会了，我知道她已经恨透了我，把我所有联系方式都删掉了。她说祝我破产，祝我婚姻不幸，还有很多，后来不解气，就全写在纸上扔在了这里，说要永远记着。

我听得脊背发凉，加上雪花的凉意，不禁打了个寒战。夜更深了。

亚东说，我就想看看她有多恨我，可老板娘说没有那张纸，当时应该是当作垃圾收走扔掉了。

我没法接话，所有在意，都是因为放不下。

我问，那怎么办？

他起身，拍拍身上的雪说，今年我就要结婚了，既然伤害过一个人，就不要再伤害第二个人了，你记得来喝喜酒。

4.

六月份，亚东结婚，我刚从南方浪回来，卡里还剩不到两千块钱，当作份子钱打包送过去。

结婚前夜单身派对，一堆朋友又喝又唱，到半夜，亚东跃层式的家里上上下下躺着很多人。

我睡不着，坐在沙发上吃薯片，番茄味的，我最爱吃。

亚东趴在地毯上玩手机，一会儿走来一个女生，手上拿着红包和张纸条，小声地说，盈盈让我给你。

亚东几乎是弹起来的，颤颤巍巍地接过来，嘴里念叨着，我就知道她快恨死我了，我就知道她快恨死我了，赶这个时候来提醒我。

看到他手抖得几乎打不开纸条，我过去拍拍他肩膀。他看了我一眼，小心翼翼地打开，眼泪突然就止不住地流下来。

我瞥了一眼，已经皱到要破烂的纸上只写着四个字，我喜欢你。

没有我恨你，没有都怪你，只是淡淡的，我喜欢你。

女生说，我和盈盈关系挺好的，那天你走了我就赶过去陪她，地上一堆碎纸片，最后只剩这一张，一直保存着。她知道按你的性格，肯定一直误会着她，这么久了，真的很可怕。

亚东呆呆地说不出话，女生接着说，她现在挺好的，也希望你能幸福，所以不想让你再为这件事停滞下去，还有份子钱，我一起拿过来了。

夜晚包裹着时间，眼泪卷携着尘土，上帝还没点头，有些人就不见了。

后来亚东的个性签名换成了一点也不著名的作家夏茵丹写的一段话：

当我遇见最后一片落叶，你那里有没有雪花正落下。当我喝下整杯晚霞，星光是不是刚好散落你头发。当我坐的航班在落地，你等的地铁是不是也刚到站。当我想念你的时候，你会不会也刚好想起我，像初见时风吹过的裙，带着春意盈盈的笑。

5.

记忆中的他站在雪地上说，她一定恨死我了。

记忆中的他站在夜里泪流满面，纸条缓缓落在地上。

纸条上不是我恨你，只有四个字，我喜欢你。淡淡的。

人群川流不息，要经历多少错过，曾经以为深深刻在生命线上的人和事，竟也开始变得消失不见。

一张张熟悉的面孔，开心的，悲伤的，欢笑的，难过的。面对面地不停想念，还未消失就会怀念。景色翻转，换了夜晚，换了城市，换了一心想要去往的地方。但我们总要往前走，并以幸福的名义。

你想占据我，我就成为你

—

如果你是你，那我又是谁呢？

很多人都遇到过这样的情况，在等公交的时候，或是在人来人往的商场里，遇到一个人与自己某个朋友出奇相像，当你想追上去仔细看看的时候，已经在人群里找不到对方了。

然后你兴冲冲地跑去和朋友说，喂，今天我遇到一个超级像你的人。对方可能一脸无辜地说句，是吗？我怎么没遇到过？

当然，也可能经常有人跑来和你说在路上遇到了一个与你非常相似的人，而你的态度往往也是和上面一样。

有次我和一个多年的老朋友聊这种情况，他半闭着眼，晃着脑袋幽幽地说，太正常了，一切都是天意。

我听了吓得尿都洒出来两滴。

我的这个朋友喜欢研究一些稀奇古怪的东西，比如人的命数，上天的安排，还有一些风水学什么的。据说他爹在村里是有名的神算，随便解答别人一个问题就要大几百，附近村里的人都慕名前来，人们排队经常排到院子外面去。

我问他，一切都是天意，怎么讲?

朋友说，大多数人都很难遇到与自己长相相似的人，但并不是说这样的人不存在。

我听着很有意思，换了个舒服的姿势说，说说说，你继续。

朋友说，人们会遇到与自己长相相似的人，但几率是非常小的，就算偶尔遇到有些相似的，相似程度也不会很高，可能只是某一个器官、某一种表情相似。

我点点头说，对，好像是这样的。

朋友瞥了我一眼说，要想继续往下听的话，先来点辛苦费吧，和你说这些，我是要消耗功力的。

我扔给他五十元，继续说!

朋友把钱收起来，然后说，但也不总是这样，人们在气场非常微弱的时候，例如失恋、心情低落、婚姻失败、工作不顺时，遇见的几率和相似程度都会上升。

我听了大惊，那怎么办?如果遇到了，会有什么后果吗?

朋友说，如果有一天你发现，一个和你长相几乎完全相同的人突然出现在你的生命里，那么他就是来取代你的人，取代你的生活，包括你的生命。

我吓得差点一屁股坐在地上，震惊地问，你的意思是，会有另一个自己来取代真正的自己?

朋友说，对的，而且没有人会发觉，那个人会完美地取代你，包括你的爱好、习惯、说话方式，等等，所以即使最亲近的人也不会发觉。

我听了连连后退，但又突然意识到一些事情，问他，那如果是这样，双胞胎可怎么办?有的双胞胎，连父母都分辨不出来谁是哪一个。

朋友说，一般的双胞胎，性格差异都会非常大，可能一个非常活泼，到哪里都能混成一片；另一个非常内向，经常窝在家里不出门。他们也会遇到这种情况，哥哥看见了一个人非常像弟弟，而弟弟也看到一个人非常像哥哥。

我想了想接着问，你说人们在气场非常微弱的时候，例如失恋、心情低落、婚姻失败、工作不顺时，遇见相似人的几率和相似程度都会上升，那你的意思是不是要人们好好生活，保持积极的生活态度？你这是另一种形式的鸡汤啊。

朋友说，如果你愿意，也可以这么想。

太可怕了，我愣了一会儿，转身准备走掉。朋友突然说，你这就要走了吗？

我回头问，不然呢？

朋友说，后面的很关键，听下对你有好处的。然后他搓了搓手指。

我犹豫了会儿，又掏出五十扔给他，说，好好好，那你继续说。

朋友把钱收起来，然后神秘地看着我问，你身边的人，你确定现在还是他们本人吗？

我呆呆地说，我本来是确定的，但你要这么问，我好像不确定了。

朋友突然诡异地一笑，说，那你现在又是谁呢？

我一愣，我就是我啊。

朋友闭着眼摇摇头说，如果你是你，那我又是谁呢？

我听得后背直发凉，问，你这是什么意思？

朋友说，你好好想一想，有没有遇到过什么诡异的事情？

我想了一下，说，有天我在公司附近吃饭，要了一盆毛血旺，但除了咸味，一点都不辣。我把老板喊过来，结果老板说毛血旺就应该是这个味道的。

我问朋友，这个算不算诡异的事情，毛血旺明明应该是辣的，但他硬说是咸的。

朋友擦擦汗，说，你再想一想别的吧。

我努力地回想，前一阵状态不是很好，有天在公交上写稿子，下车后是一个红绿灯，因为我下车时还在抱着手机写东西，所以走得慢了点，没想到走在我前面的那两个人被一辆小轿车剐倒，马上就被救护车拉走了。我当时浑身发凉，就差两秒的时间，不然被送去医院的就不止那两个人了。

朋友听完慢慢闭上眼说，你当时有没有看到一个与你长相非常接近的人？你有没有一瞬间突然有想哭的感觉？有没有一瞬间不知道自己身处何地？

我听完一愣，拼命地回想，同时我突然感觉全世界都旋转了起来，周围的一切开始变得模糊，变得什么都看不清，不断有白色的光打在我的身上。

我瞪大了眼睛，突然隐约听到有人在不停地发出声音，可是听不太清楚。

我不断努力地尝试，终于发现声音好像是从自己的心里发出的，当我努力把耳朵贴近胸口时，整个人突然昏倒在地，感觉整个身体在不断地下沉，接着是没有尽头的黑色。浑身无法动弹，我努力地张开嘴，却又发不出任何声音。

但同时我突然又感觉到那句话开始慢慢变得清晰，大概是——

你想占据我，我就成为你。

如果忘不掉，那只要想不起来就好了

曾经的号啕大哭，曾经的欢欣鼓舞，曾经在路灯下流进肚子的眼泪，一幕幕恍如隔世，一幕幕历久弥新。

如果忘不掉，那只要想不起来就好了。

1.

2016年8月9日，七夕，一个女同学发消息说，夏茵丹，我订婚啦！

道理呢？友情呢？人性呢？统统都让狗吃了吗！大过节的，对着一个单身的说这些！

女同学说，我未婚夫开宝马！

我说，厉害厉害。

女同学说，我未婚夫给我买了个大钻戒！

我说，真的太厉害了。

女同学说，你光嘴上说有什么用？你会写东西，不如你写段祝福我们的话，婚礼上让主持人念出来，我就免了你的份子钱。

我一听，还能有这等便宜的好事？然后想了想说，那就祝你们早生贵子？

女同学说，不行不行，这个不算的。

我又想了想，然后说，那就祝你们孩子一生生一窝。

女同学过了好久才回复我说，你还是随份子吧……

2.

记得和女同学在一起上学的时候，我还是短头发，可能比毛寸还要短一些，因为学校规定，把手平行地插进头发里，头发高度不准超过手指，人们俗称三毫米。

我对那段时光印象尤为深刻。学校看门的是个老大爷，每天都坐在门口的椅子上吹牛。那时我经常迟到，有天正好路过，听见他自言自语地说，啊，太惨了太惨了……

好奇心让我站住脚问，谁啊？怎么个惨法？

老大爷说，就是……唉，算了，你都已经迟到了，赶快去上课吧。

我恨得牙痒痒，我向来最烦说话说一半的人。我把自行车支在一边，搬来个凳子坐在他对面，说，来来来，话别说一半，既然开了头，倒是讲完了啊。

看门老大爷跷着二郎腿，用眼瞥了我一下，然后拿起水杯喝了口水，说，行吧，被班主任骂了可别怪我。

我不耐烦地说，是是是，你赶紧的。

看门老大爷说，在我老家，有个非常热闹的夜市，人们晚上经常成群结伴地去逛，情侣、家人、朋友，各式各样的人。据说前几天一辆拉钢筋的大卡车失控冲进人群，死伤无数，有的人被轧成两截，上半身还在爬着喊，疼啊！疼啊！

我呆呆地望着看门老大爷，感觉自己真是脑残，才会冒着迟到的风险听他唠嗑。这下好了，满脑子都是只有上半身的人大喊着疼啊疼啊，一边喊一边向我爬过来，鲜血淋漓。

我生气，放学的时候捉了只壁虎扔进看门老大爷的水杯里。结果被追了一整条街，我骑着自行车跑，他在后面追。

这个画面印在我脑子很久很久，几乎每年夏天都会想到。

后来，在课上我把这个故事讲给女同学听，女同学吓得直捂耳朵，两个礼拜没有搭理我。

不理就不理。大概因为正长身体，我课上睡觉，课下疯跑，感觉每天都能吃下一座大山。

学校午饭是拿餐盘打的，有四个栏，一个放米饭，两个放很少有肉的蔬菜，还有一个放煎蛋。每天看着餐盘里的饭，一大堆男生就坐在一起仰天长叹，这也太少了吧!

那时我后面有个女生特别有钱，是个富二代，每天跑到学校外买午饭，买就买吧，还一定要带回到教室，弄得满屋子都飘满了食物的香气。

买牛肉面，大块的牛肉，上面撒着香菜，十五块钱一碗；再来个肉夹馍，肥瘦正好，浇上肉汁，一咬像小笼包一样，汤汁直往外喷!

总共二十多块钱啊！现在感觉二十多不叫钱，但在当时，二十多块钱差不多够我们在学校里吃两天的了。

因为贫富差距，我恨得直咬牙，从此杀人放火的念头天天在我脑子里出现。

虽然吃不饱，但也不好意思向家里多要钱，所以当时大部分人还是留在学校里吃午饭，结果无非是一堆男生还没等到下午放学，就已经饿得用嘴咬校服了，眼泪扑簌簌地掉。

我亲眼看见班里一个男生竟然舔着卫生纸吃，然后突然吐出来，大声哭着说，老子惹谁了！老子就想吃个饱饭！有种你就饿死老子！

结果碰巧教导主任经过，因为说脏话，他被罚写两千字检查，加扫楼道一个礼拜。

即便自己也饿得哭爹喊娘，但幸灾乐祸还是占据了大多数人的心理。

3.

女同学坐在我前面，本来我和她关系就不是很好，因为她有本漫画书，但从来不借我看，没商量的，怎么说都没用。

我生气地问她，你为什么不借我看？

女同学说，谁让你讲故事吓我。

我说，小气，这么久的事情还记得。

女同学嘟着嘴说，我就是这么小气。

因为大家成天聊漫画书里的内容，我又没看过，最后只好软下来说，你借我看，我买辣条给你吃。

女同学狐疑地看了我一眼，她狐疑是正确的，因为要是有那钱，我早成为男生中的霸主了，还用和他们一样饿得哭爹喊娘？

终于，女同学决定把书借给我看了，开心之余我心想，失信于女人，何以取天下。最后我还是从牙缝里挤出几袋辣条给她，心想，反正也吃不饱，老子干脆饿死算了。

万万没想到，这件事过后，有天她突然扭过头来对我说，我把煎蛋给你吃吧。

我一愣，为什么？

女同学说，我要减肥呀。

还没等我反应过来，女同学就已经用筷子把煎蛋夹进我的餐盘里了。

我愣了几秒才问，你确定？

女同学睁着大眼睛点点头说，对啊，你看我都胖得不成样子了。

我听完眼泪鼻涕不停地流下来，心里想，老子终于能吃饱了！老子吃得饱，老子一米九！然后去找食堂负责人算账，吊起来打！

当时我还想，女同学就是好，女同学就是善良，女同学就是活菩萨。

在往后的很长一段日子里，我每天的午饭都有两个煎蛋吃，成了极少数下午不会饿肚子的人，感觉自己在班里都可以横着走路。

但后来，因为女同学学习实在太好，竟然跳级了。在我的理解里，跳级的意思大概就是，我不要和这群渣渣一起学这些无聊的知识了，老子什么都会，老子要去更广阔的天空看一看。

呵呵呵，感觉人格被侮辱了呢。

更重要的是，从此我没有两个煎蛋吃了，在煎蛋面前，人格显得虚弱多了。

4.

后来我就再也没见过这个女同学，虽然互相存有联系方式，但从来不会打开，和你们大多数人一样。

很多东西，对于我们来说就像一个印记，形式有很多，是一个季节，是一种味道，是一个电话号码，每个人都不一样，它记载着我们存在过的证据。

可以用不到，只要知道它存在着就好了。

我上大二那年，趁着中秋节回去看当年的班主任，学校后面的平房全部被拆平了，红色的砖瓦散落一地，我经常翻的那面墙，也只剩半米高的残迹了。

看门的老大爷不在了，替代他的是一个四十岁左右的男人。我走过去问他，之前看门的大爷呢？

他抽了口烟说，谁？啊，你说刘大爷啊！他儿子前几年驻守西北的时候去世了，具体原因我也不清楚，据说就埋在当地了。刘大爷前一阵请假去看他儿子，他说自己老了，走不动了，这应该是最后一次看他去了，就打算在那儿多陪儿子一阵。

后来和班主任聊天的时候，她拿出当年我们留下的同学录，上面贴着每一个人的照片，一页一页翻过去，我看见当时夹给我煎蛋的那个女生，还是停顿了一下。

后来我想，我怎么就没再遇到这个女同学呢？

就算遇到了，还能不能认得出来呢？

回家后翻了翻手机，女同学的手机号还在，本想发个短信问候一下，转念一想，如果要说，那说点什么呢？或许过了这么多年，她也早已经把手机号换掉了。

大概又过了半年，和一个老同学在外面吃饭。他说，你还记得当时咱们班跳级的那个学霸吗？

我说，好像记得。

他说，听说她又被保送出国深造了，真是人生赢家啊！

我说，赢家个屁，不如天天吃火锅。

酒饭过半，朋友看着旁边那桌的两个姑娘和我说，你看，真是美啊。

我笑着说，漂亮和你有什么关系？

朋友也笑笑说，没关系。

离开的时候，我喊老板过来说，埋单，旁边有两个姑娘的那桌也算在里面。

朋友说，牛啊！

其实不牛，只是我想，如果只是吃饭的话，就目前来说还是饿不死的。

而且在饿不死的基础上，现在可以吃得饱，可以经常请几个好友一起吃吃喝喝，甚至可以在离开的时候把隔壁桌上姑娘的账一起结了。

不停地前行，上帝会慢慢给你可以去做更多事情的能力。只是曾经欠下的，已经还不回去了。

我把煎蛋给你吃吧。

为什么？

因为我要减肥呀。

很多时候，我们还不上的不只是时光，还有被时光丢下的友情和赤诚。

我绝不归还。

不归还，就还算永远存在。

5.

2015年，我在西安，丢了钱包，手机没电，回程火车票也在钱包里面，唯一能让我欣慰的是，至少身份证还在身边。

然后我偶然认识了一个姑娘，是西安交大的学生，在对我一无所知的情况下，毅然决然地借给我八百块钱。

我说，你真有钱。

她说，这不叫钱，我爸还有好几个亿。

我听了吓得一哆嗦，手里的矿泉水掉在地上，赶紧捡起来——两块钱呢。

我问，你是不是刚失恋？

她说，没有！

我说，从我遇到你开始，你已经哭了三条街了。

她说，那也没有！

我说，那我请你吃饭吧，就当作答谢，你把手机号留给我，等我回到家，我就把钱还给你。

她问，你请我吃什么？

我说，你挑。

然后她带着我坐到街边的一个麻辣烫摊子上，俩人吃得狼吞虎咽。

我叼着香麦说，你爸有好几个亿，你在路边吃成这个鬼样子，丢不丢人？

她连吞下两个鱼丸说，你一个大男生，在路边吃得满嘴是油，丢不丢人？

然后她从我手里抢走一串甜肠。

正值冬季，晚上七点，天就已经黑得彻底。锅上的热气不断翻滚上去，笼罩着街边的路灯。

我以为看不到光，夜晚就是模糊的。

离开的时候她问我，你有过什么特别难忘的事情吗？

我问，怎么才算特别难忘的事情？

她说，就是即便你已经步入生活的下一个阶段了，但还是不会忘掉的。

我说，有吧。

她问，那怎么办？

我想想说，忘不掉，我也没想忘掉，只要想不起就好了。

女生也想了想，然后笑着挥了挥手，走了。

没有盛大的告别仪式，灯光散落在脸颊，生长着日月星辰。

总有些事情，真的还没有忘掉，只是想不起了。

想不起，曾经那颗明亮的星，升起在山巅还是田野。

想不起，曾经在一个冬季，阴着天，红着鼻子和眼睛，哭着走过了三条街。

6.

在北京租房子的那个小区，每天都有一群小孩大喊着追逐打闹，我步履匆匆地回家，每次都笑着从他们身边经过。

有天几个小孩在小区里跑着玩，热得满头大汗，其中一个女生手里拿着一袋冰球，小心翼翼地分给另外三个小男孩，一人一颗，放进嘴里慢慢融化。

我想，小姑娘可真善良啊。

我把煎蛋给你吃吧。

为什么？

我要减肥呀。

小姑娘都这么善良啊，善良的小姑娘订婚了。

喂，那个男生，对她好一点啊。

7.

你有过特别难忘的事情吗？

有吧。

是什么？读书时的一个人或一件事吗？

不是的，没有忘掉，但还算不上难忘。

是什么？

从两年前开始，在去往明天的道路上，我曾回头三次，第一次恋恋不舍，第二次泪眼蒙眬，第三次发现我身后空无一人。

那怎么办？

忘不掉，我也没想忘掉，只要想不起就好了。

可你说忘不掉，就代表着要放弃。

我们走了很远的路，但别回头，回头就会看见一张张伤心的面孔，还有落在页面上的脚印。而时间为你拍的照片，一张比一张模糊，留在上面的我，也已经模糊得看不清楚。

曾经的号啕大哭，曾经的欢欣鼓舞，曾经在路灯下流进肚子的眼泪，一幕幕恍如隔世，一幕幕历久弥新。

如果忘不掉，那只要想不起来就好了。

不过又是一年

—

其实啊，当用力地思念一个人时，天上就会亮起一颗星，说明你想念的人也正在想念你。但有一个禁忌，就是不要问，不问，就算你永远在这里。

1.

我做人没什么理想，只想游手好闲，想无所事事，想和爱的人形影不离，和朋友吹吹牛喝喝酒，然后醉倒在彩虹深处，醒来发现露水刚好打湿衣角。

想看远方，背着行囊一头扎进地平线，走得很远，风、雨、阳光、云彩，都是可以触摸的。

胡祥喜欢开车拉着我到处跑，最远的一次到了玉龙县纳西族的一个小村庄里。小雨，当地人说这里就是这样，说下雨就下雨，但停得也快，完全不在意料之中。

那时候的小村庄里桂花开得正好，家家户户门前都栽着一两棵，桂花香飘满了村里的每条巷子。从雪山上流下的融水经过每户人家门前的沟壑，最后流进耕地里。

穿着民族传统服饰的老人坐在自己家门前晒着太阳，我通过连蒙带猜，大概知道她在和我们说，现在从山上流下来的水已经不如从前清澈，都没有办法在自家门前洗菜了。

村里除了有理发店、小卖铺、小饭店，还有家棋牌室，一半被改成了放映厅，两元入场。几个人一边嗑瓜子一边看电影，我们进去的时候正放着周润发演的《英雄本色》。

我们看到晚上，转战一家小饭店，冷冷清清，老板端上一盆鱼、两盘炒饵块，还有一壶黄酒，自家酿的。

老板问，这次就你们两个来的？

胡祥一愣，我问老板，您认识我们？

老板笑着说，我记得一年多前是两个男生和一个女生一起来的，当时是我老婆接待的，我在后面做饭，从门帘里看着像你们，我要是认错了，你们可别在意。

我记得那天好像是立冬吧，女生说想吃碗热饺子。我们在南方，很多店里都没有准备，胡祥开车拉着我们跑了几十里地，终于在一个小村庄里，一个老板娘笑着招呼我们说，来，我给你们现包。

隐约中记得那天晚上已经很冷了，隔着玻璃窗，外面只闪着几盏灯，满村飘着桂花香，落下的叶子铺满了门前。

2.

差不多两年前，胡祥和潇潇想自驾游，喊我，夏茵丹，出来吃好吃的呀！

我连滚带爬地从学校跑出来，结果发现中了计，大声地说，我不去！你们恩爱，让我做电灯泡，没人性！

胡祥说，俩人太无聊了，三个人好点，晚上还能斗地主。

我说，滚，你们叫别人，让潇潇喊上她的闺密，反正我不去！

其实反抗是没有意义的。胡祥是散打教练，笑着走过来拍拍我的肩膀，然后拎着我就上车了。

我被他拎着走，哭着喊，走就走，好吃的呢？好吃的呢？

开着车冲到南方，过了长江后可以看到黄土变成水乡。路上胡祥对潇潇说，以后咱们换辆SUV，到时候想去哪儿就去哪儿。

我喊，有车了不起啊？油钱不是钱啊？

潇潇在一边笑得合不拢嘴。车开到腾冲，景色如画卷，白云、蓝天、绿水的色彩扑面而来。

晚上停留在小镇里，胡祥偷着塞给我个小盒子。我狐疑地接过来，然后终于知道了他的打算。他准备向潇潇求婚，而他带我来的原因也是知道我的嘴巴算朋友里最死的。

我说，行，你准备让我干吗，卖身还是卖艺，随便说。

第二天胡祥紧张得在发抖，他跪在潇潇的面前说，可……可以嫁给我吗？

才一句话，连目光都在闪躲。潇潇笑着说，你在怕什么呀？

胡祥已经说不出别的来了，只好又重复了一遍说，潇潇，嫁给我好吗？

潇潇眼睛一白他，说，不好，连戒指都没有，我凭什么答应你？

胡祥一愣，然后喘着粗气冲我说，哎呀，忘记了，戒指！戒指！

我在一旁被紧张气氛吓傻了，赶紧跑过来结巴着说，这……这儿呢！

我也紧张，差点没跪在地上，潇潇笑得前仰后合，胡祥举着戒指又一次认真地说，嫁给我好吗？

潇潇笑着说，好。

胡祥激动得哭了，鼻涕眼泪一把一把地往下流。然后赶上立冬，潇潇说想吃饺子，几人驱车满世界地找一家能有饺子吃的餐馆，直到开到一个小村庄里，老板娘站在门口笑着招呼我们说，来，我给你们现包。

北方的饺子，讲究薄皮大馅，个头不要太大，面皮像姑娘巴掌大小最合适。从锅里捞起来，一个个挺着肚子，趁着热，蘸着醋碟一口一个。

老板娘是河北邯郸人，十多年前嫁到这里，一直保留着吃饺子的习惯。我们坐在一旁，老板娘熟练地和面、擀皮、拌馅——羊肉的。不一会儿端上两大盘热乎乎的饺子，又暖又香，一口下去差点吃醉了。

潇潇抱着老板娘的手说，太好吃了，我从来没有吃过这么好吃的饺子！

胡祥说，那我就认个干妈，以后每年冬天都带你来这儿吃一次。然后他端着空碗喊，干妈，再给我来一碗！

老板娘笑着又端上一盘说，吃吧吃吧，今天管饱，不够我再去给你们包。

最后吃到餐馆打烊的时间，撑得快走不动路了。胡祥扶着潇潇往外走，我半躺在椅子上绝望地看着两人说，喂，这就走了啊？埋个单啊！

3.

2015年两人分手，非常突然，我最后一次见潇潇是在她家楼下，她拎着大包小包，在路边打了一辆车。

我说，你这就走了吗？要不要等下胡祥，他正在路上，他有话想和你说的，顺便送送你。

潇潇递给我一个小盒子，然后摇摇头说，不等啦，你替我把戒指还给他。

潇潇说完准备上车，我赶紧走过去一把关上车门问，真的就这样了？你们都走了这么远了。

潇潇低着头说，嗯，时间久了，其实我们不太合适的。然后又拉开车门坐了进去。

我说，好吧，有事情可以给我打电话。

潇潇说，谢谢你。

后来我给胡祥打电话问，你在哪儿，潇潇有东西让我给你。

胡祥说，你先拿着吧，我有点事情。

我听见那头声音有点沙哑。后来很长一段时间我都没见过胡祥，那枚戒指就一直放在我家电视下的抽屉里。

有天一个朋友打电话给我，夏茵丹，救救我，本来今天我答应陪女友去看电影的，结果我妹非要缠着我逛街。

他妹妹我是认识的，二十岁出头，活蹦乱跳，二得不得了。

我说，交给我吧。转身我给他妹妹打电话说，你哥让你先来我家等他，我有好东西给你看。

女孩一进门就大喊，好东西呢？好东西呢？

我一时没想好拿什么给她，就说，要不你找找吧。

没想到戒指被翻出来了，她举着戒指呆呆地看了三秒，然后狐疑地看着我问，你不会想和我求婚吧？

我吓得一身冷汗，赶紧解释不是这样的，然后抢过戒指跑到厕所给胡祥打电话，东西你还要不要了？

胡祥沉默了一会儿说，不要了。

我说，你知道是什么吗？是你求婚的戒指！

胡祥说，嗯，不要了。

我忽然有些难过，也不知道说什么，正准备挂电话，胡祥说，我换了个工作，住的地方也换了，回头把地址发给你。

我说，好的。

胡祥在那头好像还想说什么，但最后忍住挂掉了。

4.

第二年，我心情很差，突发奇想，决定喊上胡祥第二次跑到那个小村庄看看。晚上在那家小饭店里，冷冷清清，老板端上一盆鱼、两盘炒饵块，还有一壶黄酒，自家酿的。

老板问，这次就你们两个来的？

胡祥一愣，我问老板，您认识我们？

老板笑着说，我记得一年多前是两个男生和一个女生一起来的，当时是我老婆接待的，我在后面做饭，从门帘里看着像你们，我要是认错了，你们可别在意。

胡祥沉默了，吃到一半，胡祥说，老板，再上盘饺子行吗？

老板摇摇头说，没有饺子。

胡祥说，麻烦老板娘现包些吧，多少钱都行。

老板叹了口气说，不是钱的事，今年春天，也不知怎么了，她突然中风了，现在在家里躺着，什么都干不了。

胡祥愣了下，然后问，我能去看看她吗？

老板说，你们先吃饭吧，我们家就在饭馆后面的胡同，一会儿你可以去。

吃完饭，我陪着胡祥去看望老板娘，老板领路。在屋子里，胡祥笑着说，干妈，还记得我吗？去年我们来您这儿吃的饺子。

老板娘身子动不了，就只能眼珠动一动。胡祥说，您要赶紧好起来呀，我还想吃您包的饺子呢。

老板在一旁擦了擦泪，然后转身去整理家务了。我们坐着说了会儿话，胡祥就撩开门帘走出去了，很久都没有回来。

我出去找他，看见胡祥坐在小巷的路边，望着星星小心翼翼地自言自语，你现在在哪里，过得还好吗？因为望着星星的缘故吧，胡祥眼睛亮晶晶的，像是有一片正在黄昏的海，再装一滴水就溢出来了。

又一年，不知道潇潇现在是一个人，还是正和谁坐在一起吃饺子。

其实啊，当用力地思念一个人时，天上就会亮起一颗星，说明你想念的人也正在想念你。但有一个禁忌，就是不要问，不问，就算你永远在这里。

5.

我走过去，胡祥看了我一眼，呆呆地问，你说，世界上怎么这么多突然的事情呢，只不过又是一年，好好的人，说不能动就不能动了，好好的人，说走掉就走掉了，连声再见都不能好好说。

胡祥说，只不过又是一年啊。

我不知道说什么。

要走了，为什么都不能好好说一声再见呢？我想，大概是因为心里也有愧疚吧，所以连走都是仓皇而逃。可她怎么会知道，喜欢是这么无奈的事情，遇见你，又喜欢上你，能怪谁呢？千怪万怪也怪不到你身上去。

多少年来，我们一直信奉着感情是你情我愿，只剩落叶一年一年堆积，覆盖着季节更迭的脚印，只剩思念在熠熠生辉。

胡祥说，只不过又是一年。

只不过又是一年。好了，就送到这里，拥抱一下，走几步，回头，好了，我不回头了。但我会记得你，比经历过的一切悲伤都美好，比痛哭过的一切思念都长久。站台上吹过的风，记忆里的蝉，月下那一溪明亮，夜晚从远方走来，经过年复一年的想念。

离开时发现天已经黑了，原来在想你时，天色是这么容易暗下来。

只不过又是一年，还可以看见深秋的落叶铺满门外，还有你离开的脚印，在被大雪覆盖前。

所谓错过

—

在我们走过的季节里，都会盛开着一朵美丽的花，轻轻摇曳着，稍一触碰就会微微刺痛，稍一细想也难以承受。它的样子变得模糊不清，只记得那淡淡的、充满旧阳光的味道。相信那朵花一定在某个地方继续盛开着，于是一直在人山人海中不停地寻找，最后走过泱泱四季才发现——
其实，一开始就已经找到了。

1.

我的体育天赋是从小学开始显现的，记得当时市乒乓球队来学校里挑人，全学校就挑上我一个，简直骄傲得不行。可惜当时家里条件不太好，父母犹豫了很久还是放弃了。

后来我又喜欢上了足球，忘了是哪一年的亚青赛，中国队一口气踢进决赛，那时候郝海东还很能跑，郑智还很年轻。所有小伙伴九点半准时睡觉的时候，我就熬夜守在电视机旁边。

我记得决赛的时候是踢日本，好像是一比三输的，其中第二球是日本队手球打进，裁判误判导致中国队心态不平，结果比赛结束前又丢一球。

具体的情况已经记不清楚，只记得结束后电视画面放的是中国球迷出场，手上拿的、脸上画的全是红色的国旗，配乐是孙楠唱的*I Believe*。

我没忍住哭了。

后来我想，中国功夫这么厉害，要是结合到足球里，岂不是得把老外踢得亲妈都不认识了？所以想进军足球，先从武术学起。

当时班上有个男生叫孙亮，他爸开了个武馆，据说他们一家都是练家子。我瞬间脑补他妈双手拿着炒勺空翻一字马大喊，吠，吾儿还不快快写作业！然后他爸一个鲤鱼打挺把菜刀耍得飞起，说，哇呀呀呀不听话把你剁成渣呀！

想让他爸收我为徒，先从讨好孙亮开始。于是我连着一学期和他混在一起，每天放学后一起在操场上踢球，总共踢碎过四块玻璃，踢哭过两个女生。

结果还没来得及拜师，学校就以太危险为由禁止了踢球的运动，这是我人生中唯一一次用自身行动改变了学校决策的事件，后来想想还是很了不起的。

虽然足球梦想中断，不过我还是和孙亮建立了长久的友谊。

2.

六年级的时候孙亮喜欢上一个女生，叫李荷，比我们低一年级，是学校的大队长。每周一升旗的时候，她就站在播报室旁介绍升旗手。

我一直觉得喜欢学妹是件挺不可理喻的事情，不过李荷在当时确实算是比较成熟，在所有女生还在穿卡通凉鞋的时候，她就经常穿一双船鞋，很有女人味的那种。

孙亮用一个礼拜写了封情书，洋洋洒洒好几百字，找到我说，夏茵丹，帮我送封情书吧！

我一惊，问，为什么是我？我这么帅，万一她喜欢上我怎么办？

孙亮说，滚，赶紧的。

因为送情书，我和李荷越来越熟，终于有一天，我在班门口送情书时，被她们班主任抓了个正着。

老师揪着我的领子说，早听说有人老是给我们班女生送情书，原来就是你啊！

我被拖着送到班主任的办公室，双眼空洞地望着天感叹，原来背黑锅就是这么简单的事情！

后来班主任批我，我回去就批孙亮，喜欢什么人不好非得喜欢大队长！追什么女生不好非得追好学生！这下好了，让人家给揭发了吧，人家肯定感觉胸前的红领巾更鲜艳了呢！

孙亮咬着嘴唇不说话，小脸憋得通红，再也没和我提起过李荷。

毕业后，我在新市区读初中，孙亮在北市区。第二年李荷考到我们学校，在食堂里吃饭时，她小心翼翼地站在我后面问，你也在这个学校呀？

我看了她一眼，点点头说，是啊，不太巧吧。

等她走了，我旁边的同学问，谁啊？这姑娘漂亮呀！

我白了他一眼说，传说中的好学生，还是离远点吧。

中考那年，李荷父母离婚，不知道怎么就传到我的耳朵里了，不仅我知道，所有人好像都知道了，见到李荷都装作没有事的样子。可很多事，偏偏是欲盖弥彰的。

犹豫了两天，我决定给孙亮打电话。电话里他“哇”的一声就哭出来了，边哭边说，那她现在一定很难过吧，她一定很难过吧……

他一哭，我心里也绞着难受。

没几天又听到李荷退学的消息，我请她在学校旁的甜品店喝冷饮，店里放的是李宗盛的《漂洋过海来看你》。

在漫天风沙里
望着你远去
我竟悲伤得不能自已

我已经喝完两大杯，她坐在对面低头咬着吸管，一口也没喝下去。

我问她，你是要转学吗？

她摇摇头，说，不上了。

我呆了下，问，九年义务教育都不上完吗？

她不抬头，慌乱地摆弄着衣角，过了会儿说，我妈带我回廊坊，开了个打印店，我在那里帮忙。

我“哦”了一声，她又犹豫着说，其实，不是我告的老师。

我愣了一下，问，什么？

她说，你不要告诉孙亮了，这样也挺好，反正我也该离开了。

我不知道说什么，一直坐到天快黑了才离开。

直到李荷彻底从学校离开，孙亮也没有出现过。后来我才知道，那时他已经有女朋友了，叫梅梅，是曾经的同学。

那时我才知道，所谓错过，就是你不问，我不说，继续默默地向前走，会隐约记得那天的阳光，香甜的味道，稍一触碰会微微刺痛，稍一细想也难以承受，在人山人海中不停地寻找。

其实，一开始就已经找到了。

3.

高中我只见过孙亮两次，第一次是在我读高中的县城，他来看我。

我翻墙出来，俩人坐在离学校不远的火烧店里，我问他，最近怎么样？

他咬了口火烧说，还行吧，就是不想学习，想回家接管我爸的武馆。

我不吭声，他又说，我和梅梅分了。

我没问原因，犹豫了会儿说，后来李荷告诉我，当时不是她找的老师。

孙亮淡淡地说，我知道，是梅梅，后来在一起时她告诉我的。

我听了不禁打了个冷战。那顿饭我们说的话很少，吃的时间很长。等到第二次见面，已经是高考结束后，我在河大，他考上的是石家庄一所专科院校。

我们约在二道桥旁一家小餐馆，当时并不是很能喝酒，几杯下肚就已经感觉犯晕了。恍恍惚惚中我记得他问，你说很多难忘的东西，是因为它本身就难忘呢，还是因为根本就没想过要忘记？

我说，不知道啊。

我又莫名其妙地问了句，你回小学看过吗？

他说，没有。

我说，那下次我们一起回去看看吧。

他说，好。

第二年我们收到李荷要结婚的消息，我没去，后来是孙亮打电话告诉我说，新郎我见到了，没我帅，但比我成熟，挺好的。

我问，那她呢？

过了会儿他才说，也挺好的，这么多年都没有变，还是很漂亮。

我说，幸福就好，现在该轮到你了。

孙亮没有说话，悄悄地把电话挂了，我又打过去几次，没有人接。

2013年，大学里每个宿舍都在听林志炫。十二月的圣诞晚会，文艺学长抱着吉他在台上悲伤地唱：“我眺望远方的山峰，却错过转弯的路口，蓦然回首，才发现你在等我没离开过。”

2014年在一场大雪中轰然而至，紧接着的几起恐怖事件让人们的气愤达到最高点，身边每个人眼里都是饱含泪水。

我整天窝在宿舍里关注新闻，突然接到孙亮的电话，他沉着嗓子说，我想去当兵。

我说，你别冲动。

他在那头突然哭了，说，太气了，可我什么都做不了。

我沉默了下说，你想好了吗？

他说，想好了。

我说，那你加油。

4.

从那天打完电话，再次收到孙亮的消息是两年后，在北京的一家餐厅，他带着女朋友，看起来很般配。

那天我们大醉，好像从前十几年的故事，就在今天画上了句号。

喝多后聊起小时候的事情，他拽着我的手说，夏茵丹，你一定要好好的。

我不明所以，问，干吗这么说？

孙亮说，十多年前的人们，走的走，散的散，有时候会突然想起从前的事，都已经不敢确定那是否真实发生过。只有见到你的时候，才能让我确确实实地相信这一切。

我大惊，问，你也有这个感觉吗？

孙亮眯着眼点点头，继续说，有时候我都不太相信李荷，我们很少说话，很少见面，也没有对方的东西，合照更不用说了。我甚至会怀疑，我喜欢了那么久的人，是不是真正存在过。

我喝得有点晕，大笑着说，当然有，她那时候真的是可爱死了。

孙亮也大笑，说，是吧，你也喜欢她吧，我就知道当时很多人都会喜欢她。

我醉眼迷离，突然想起那个小小的女生，坐在学校旁的甜品店里，低头咬着吸管，店里放的是李宗盛的《漂洋过海来看你》。

在漫天风沙里

望着你远去

孙亮醉醺醺地问，真的存在过吗？

是吧。

在我们走过的季节里，都会盛开着一朵美丽的花，轻轻摇曳着，稍一触碰就会微微刺痛，稍一细想也难以承受。它的样子变得模糊不清，只记得那淡淡的、充满旧阳光的味道。

相信那朵花一定在某个地方继续盛开着，于是一直在人山人海中不停地寻找，最后走过泱泱四季才发现——

其实，一开始就已经找到了。

我在南极拍摄剪影，你是太平洋上赶路的风

—

我想陪着你，可最多只能到这里。

1.

森林里有一只狗熊，每天晚上都靠在大树旁边看星星。

有天从远处飞来一只小鸟，飞累了，落在树上休息，看见狗熊正坐在树旁，仰面向天。

小鸟问，大狗熊，你在干什么呀？

大狗熊扭头看见小鸟，不耐烦地说，我在看星星呢，你不要烦我好吗！

小鸟抬起头看看天，夜幕包裹着世界，黑暗一望无际，看不到一颗发光的星星。

小鸟问，可是天上哪里有星星啊？

狗熊伸手指指说，就在那里啊，我能看见她。

小鸟顺着狗熊的手望去，还是一片黑暗。小鸟摇摇头飞走了，心里

想，真是一只傻熊啊。

就在那里，为什么看不到呢？

因为这世上有阴天。

你在我心里，所以我看得见你，却不知道你在哪里。

2.

一朵云，在天上飘来飘去，却从不离开。

一阵风吹过来，说，我都从这里飞过好几次了，你怎么还在这里呀？

云彩说，我在等一个热气球，我们说好一起去天边看彩虹呢。

风犹豫了下说，你走吧，他不会再来了。

云彩听了生气地说，不，他会来的，他要走，至少会和我说一声。

风叹了口气，然后就离开了。

云彩还是留在原地，日复一日，年复一年，最终变成雨滴，沉入了海底。

离不开，也不敢离开，我不怕你永远走掉，就怕你万一回来。

3.

一只兔子要穿过一片荒漠。

他想，这片荒漠这么大，要是路上饿了怎么办呢？所以他在背包里装进了很多根胡萝卜。

他想，光有吃的了，那渴了怎么办呢？所以他在背包里装了很多瓶矿泉水。

他想，这么远的路，要是路上无聊了怎么办呢？所以他带上了他的游戏机。

他还不忘记带上他最爱的小星星。最后满满的一大包，比兔子的身体还要大。

兔子在荒漠上走了三天三夜，因为背包实在太重了，兔子越走越累，于是他打开背包，扔掉了他的游戏机，顿时感觉轻松多了。

两天过后，兔子的体力又开始下降，他打开背包犹豫了下，然后把矿泉水也扔掉了。

又过了两天，即便一个小背包，兔子也背不动了，于是他打开背包，准备把胡萝卜扔掉。

这时上帝出现了，他说，你还是把星星扔掉吧，如果你把胡萝卜也扔掉的话，你可能很快就要死掉了。

兔子坐在地上，想了很久，泪眼汪汪地说，我感觉自己什么都可以丢掉，可我就是舍不得丢掉你。

上帝听完叹了口气，然后消失了。

兔子扔掉了胡萝卜，带着星星继续上路。他们紧紧依偎，无论风霜雨雪，都不愿意分离。

不久后，兔子因为没有吃的饿死了。而星星也因为没了陪伴，又飞回了天上。

我想陪着你，可最多只能到这里。

4.

有些完美，代表着永远失去。

我在南极拍摄剪影，你是太平洋上赶路的风。

狗熊困在了雨季，眼泪混进雨水里。

云彩落入海底，梦见了一只五彩的热气球飞向天边，背景是一条彩虹铺满了天际。

兔子到了天堂，满天的星星，可再也找不到那一颗了。

无法逃离的结局

—

男人犹豫了下，终于慢慢抬起了头。男孩看了一眼，那不是别人，而是多年后自己沧桑又衰老的脸。

1.

在一座遥远的小城，有个魔法师爱上一个人类女孩，可他知道女孩在二十四岁的时候将决定嫁给一个男人。魔法师伤心欲绝，于是用魔法把这座城市的时间永远定格在女孩二十三岁生日的前一天。从此每到午夜十二点，小城就像上了发条一样，开始重复上演着同一天。

魔法师不可以暴露自己，就以讲故事人的身份在小城里生活着。每天清晨七点，阳光透过窗户洒在魔法师的桌子上，女孩从街对面的门里走出来拿报纸。魔法师静静地坐在桌子前看着她，女孩隔着窗户向他挥挥手喊，早啊！您又在写故事呀！

魔法师只是笑笑不说话，女孩急着去赶早上的公交上班，所以回屋拿了片面包边吃边往外跑，走的时候还不忘回头喊一句，作家先生，我去上班了哦，祝您今天灵感充沛！

于是小城又开始了日复一日的一天，老人们在街道上喋喋不休，送牛奶的小哥把车子停靠在邮箱上，隔壁的小孩追蝴蝶不小心摔倒了，妈妈立刻跑过去把他抱起来擦擦眼泪……

魔法师对这一切再熟悉不过了，他想，这样的生活也无聊啊，可是能每天清晨看见她就已经足够了。

晚上人们吃过晚饭，成群结队地跑到魔法师家来听他讲故事，有大人，有小孩，有白发苍苍的老人，也有那个女孩。听故事是他们晚上最喜欢的消遣方式，魔法师讲的故事总是带着淡淡的忧伤，没有人知道为什么。每次人们离开的时候都会说，作家先生，麻烦您下次讲一个幸福的故事吧。

魔法师听了就笑笑说，好的，下次就给你们讲一个幸福的故事。可人们再来的时候，魔法师依旧讲着忧伤的故事。

人们听完故事后就留给魔法师一些食物，算是答谢，也可以保证他能够生存下去。然后大家各自回家睡觉，等着第二天阳光的到来。可人们不知道，每天一到午夜十二点，小城就像上了发条一样，又开始重复上演着前一天。

清晨七点，阳光透过窗户洒在魔法师的桌子上，女孩从街对面的门里走出来拿报纸。魔法师静静地坐在桌子前看着她，女孩隔着窗户向他挥挥手喊，早啊！您又在写故事呀！

魔法师只是笑笑不说话，女孩急着去赶早上的公交上班，所以回屋拿了片面包边吃边往外跑，走的时候还不忘回头喊一句，作家先生，我去上班了哦，祝您今天灵感充沛！

老人们在街道上喋喋不休，送牛奶的小哥把车子停靠在邮箱上，隔壁的小孩追蝴蝶不小心摔倒了，妈妈立刻跑过去把他抱起来擦擦眼泪……

魔法师想，这样的生活也无聊啊，可是能每天清晨看见她就已经足够了。

2.

巨大的法术每天都在消耗着魔法师的生命，魔法师知道自己就要死了，可小城里没人知道他是魔法师，人们依旧每天晚上成群结队地跑来魔法师家听故事，有大人，有小孩，有白发苍苍的老人，也有那个女孩。

魔法师突然想起每天人们离开的时候总会说，作家先生，麻烦您下次讲一个幸福的故事吧。魔法师便笑着说，今天我讲一个幸福的故事吧。

从前，小城里住着一个女孩，她美丽、阳光、善良，她本该在二十四岁的时候出嫁，从此过上幸福的生活。可没人知道小城里藏着一个自私的魔法师，他为了阻挠女孩出嫁，把时间停在了她二十三岁生日的前一天，让小城里的人们日复一日地过着相同的生活。后来真爱终于把魔法师打败了，人们摆脱了时间的枷锁，而他和她，也终于幸福地生活在了一起。

那天晚上人们都离开后，女孩留下问他，那个魔法师为什么要阻挠女孩出嫁呢？

魔法师笑了笑说，大概是因为她太美丽了吧。

人们回到家后都做了一个很长很长的梦，时针在午夜十二点时终于没有停下。第二天女孩开心地收到了很多生日礼物，人们的一切生活也都恢复了正常。可人们总觉得少了点什么，每天晚上回家后不知道要做些什么，住在街道深处的那个小伙子也不知道去哪儿了。

3.

不知道过了多少年，女孩都有了自己的孩子，是个男孩，很可爱，每天晚上依偎在女孩的身边吵闹着让妈妈讲故事。

有天男孩突然问，妈妈，为什么你讲的故事总是这么忧伤呢？

女孩愣了下，说，快睡觉吧，明天还要早起去上学。

其实女孩也不知道为什么。她站起身走到窗前，擦擦上面薄薄的雾气。女孩似乎看到了外面不知是谁堆起的雪人，还有路灯快要坏了，一闪一闪的。

女孩想，雪一直在下，那么寒冷，可为什么外面的雪人还一直微笑呢？

4.

外面大雪，在一个森林的深处，有间小木屋亮着灯，里面有个人正低着头坐在炉火旁给一个小男孩讲故事。

故事讲完，那个人说，回去吧，想听的话明天再来。

男孩没有走，支支吾吾地问道，为什么您讲了那么多故事，或大或小，或长或短，总是带着淡淡的忧伤，没有一篇可以逃离悲剧的结局？而且……而且您讲故事时总是低着头，也不肯抬头看看我？

男人犹豫了下，终于慢慢抬起了头。男孩看了一眼，那不是别人，而是多年后自己沧桑又衰老的脸。

后记

2016年12月，我出版了自己的第一本书，记得在后记中我写道："在文字的道路上，我尽全力不把你们弄丢，也请你们一天一天都过得很好。"

现在我又来了。

我写完这本书后惊奇地发现，里面的故事纷纷被影视圈的朋友拿走，并准备拍成电影。

我的故事没有什么太强的商业性，给很多人的感觉，大概是平平淡淡，没有什么起伏，也就是索然无味的过场片段。故事里没有男生为了心爱的姑娘对抗全世界然后在一起；也没有渺小的人物通过奋斗一跃成为人中龙凤。尽管这些听起来很过瘾，也是人人想要的。

但我不愿意去讲述主人公通过努力克服困难，最后惊天逆转，终于达到自己目标这样的故事。我的故事，更想描述那些平凡人的生活，那些一餐一饭，那些生活中平平淡淡的感悟，以及有点肮脏的人性突然散发光芒的瞬间。

然而就是这样的故事，它们都将继续由我担任编剧，并变成画面在银幕上与大家见面。

没有什么比踏实朴素地讲好一个故事更有力量了。

原以为年少的冲动应该像是夏天的露水、秋天的薄雾，越美好越容易面目全非，销声匿迹。但后来才发现，那些零零碎碎的许愿，像候鸟一样满身冰雪，却始终无法停歇，日夜迁徙。

我曾认真思考过三次，小时候的理想是做门卫，值夜班的那种，可以搬台电脑打一宿的游戏；后来又想做职业跑酷选手；再后来甚至连理想都没有了，非常认真地没有理想，吃遍苍茫大地，睡过万千枕木，浪到无以为浪，然后，这就是一生了。

现在我没事讲讲故事给你们听，拍拍电影给你们看。人竟然会变成意料之外的样子，我以为，这是我伤感的理由。

后来发现，无论多少次的人生，也一定会有遗憾。青春里闪耀的，不一定痛彻心扉，流传千古，而正是因为它的陪伴，才让回忆变得无法替代。

人生总有一点想不到。

某年某月某天，某两个人笑嘻嘻地开玩笑：

“我还不想变老。”

“没关系，在我写的书里，拍的电影里，你永远年轻，永远美丽。”

两年前我写：“不要走散，记得相见，说一千句再见够不够；有生之年，还要拥抱，用一万次微笑够不够。没有三又二分之一的夏天，告别时一定要用力些，要再用力些，让挥手的轮廓映在夕阳里，一年又一年……”

如果我们用力说再见。

故事未完，人生未央。

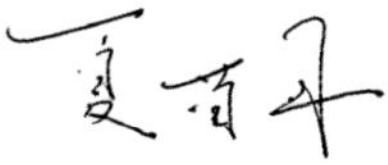

图书在版编目（CIP）数据

如果我们用力说再见 / 夏茵丹著 . -- 北京 : 北京时代华文书局, 2018.5
ISBN 978-7-5699-2320-9

Ⅰ. ①如… Ⅱ. ①夏… Ⅲ. ①故事—作品集—中国—当代 Ⅳ. ①I247.81

中国版本图书馆 CIP 数据核字 (2018) 第 063714 号

如果我们用力说再见

Ruguo Women Yongli Shuo Zaijian

著　　者 | 夏茵丹

出 版 人 | 王训海
选题策划 | 石乃月
责任编辑 | 曾　丽　石乃月
装帧设计 | 蔡小波　王艾迪
责任印制 | 刘　银　范玉洁

出版发行 | 北京时代华文书局 http://www.bjsdsj.com.cn
北京市东城区安定门外大街 136 号皇城国际大厦 A 座 8 楼
邮编：100011　电话：010 - 64267955　64267677
印　　刷 | 北京京都六环印刷厂　010-89591957
（如发现印装质量问题，请与印刷厂联系调换）
开　　本 | 880mm×1230mm　1/132　印　张 | 7.5　字　数 | 192 千字
版　　次 | 2018 年 7 月第 1 版　印　次 | 2018 年 7 月第 1 次印刷
书　　号 | ISBN 978-7-5699-2320-9
定　　价 | 42.00 元